O Cachorrinho Samba

O Cachorrinho Samba
© Maria José Dupré, 1975

Diretor editorial	*Fernando Paixão*
Editora	*Claudia Morales*
Editora assistente	*Elza Mendes*
Preparação dos originais	*Lizete Mercadante Machado*
Coordenadora de revisão	*Ivany Picasso Batista*
Revisoras	*Luicy Caetano Oliveira e Liliane Fernanda Pedroso*

ARTE

Projeto gráfico	*Marcos Lisboa*
Editora	*Suzana Laub*
Editor assistente	*Antonio Paulos*
Editoração eletrônica	*Studio 3 e Eduardo Rodrigues*
Edição eletrônica de imagens	*César Wolf*

CIP-BRASIL. CATALOGAÇÃO NA FONTE
SINDICATO NACIONAL DOS EDITORES DE LIVROS, RJ

D947m
22.ed.

Dupré, Maria José, 1898-1984
O cachorrinho Samba / Maria José Dupré ; ilustrações Cris & Jean. – 22.ed. – São Paulo : Ática, 2002.
128p. : il. - (Cachorrinho Samba)

ISBN 978 85 08 08171-4

1. Curiosidade - Literatura infantojuvenil. 2. Literatura infantojuvenil brasileira. I. Eich, Cris, 1965-. II. Jean--Claude, 1965-. III. Título. IV. Série.

09-3694. CDD 028.5
CDU 087.5

ISBN 978-85-08-08171-4 (aluno)
ISBN 978-85-08-08172-1 (professor)
Código da obra CL 730326
CAE:218612

2017
22ª edição
19ª impressão
Impressão e acabamento: Edições Loyola

Avenida das Nações Unidas, 7221 – CEP 05425-902 – São Paulo, SP
Atendimento ao cliente: 4003-3061 – atendimento@atica.com.br
www.atica.com.br

C O L E Ç Ã O
Cachorrinho Samba

MARIA JOSÉ DUPRÉ

O Cachorrinho Samba

Ilustrações
Cris & Jean

editora ática

SUMÁRIO

1

O CACHORRINHO SAMBA

Ele chegou à casa dos novos donos no mês de fevereiro, véspera de carnaval. Tinha dois meses de idade. O dono da casa colocou-o sobre a mesa para vê-lo melhor e ele começou a pular. Alguém disse:

— Parece que está dançando, vejam!

Então ficou com o nome de Samba; todos os rádios tocavam sambas esse ano.

Samba aprendeu logo a distinguir o nome da dona:

dona Maria. Como ele adorou dona Maria! Quando ouvia alguém dizer esse nome ou então a "patroa", ou quando ouvia dizerem "doutor" ou o "patrão", seu coraçãozinho pulava de contente e suas orelhas ficavam em pé, espetadas; sabia que eram os donos, os que ele mais amava naquela casa.

Na primeira noite, dormiu dentro de um caixote de madeira todo forrado de jornal. Bateu os pezinhos dentro do caixote, tentou sair uma porção de vezes, ficou de pé e espichou o corpinho para ver se conseguia saltar para fora. Nada conseguiu, então resolveu chorar; gemeu e lastimou-se, achando falta do calor da mãe, do leite da mãe, de tudo.

Alguém correu e espiou para dentro do caixote, dizendo:

— Por que será que ele está chorando?

Deram-lhe novamente leite num pires com um pouco de açúcar; outra pessoa falou:

— Pode dar um pouquinho de miolo de pão no leite, não faz mal.

Ele comeu tudo com avidez e sentiu a barriga estufar; resolveu ficar quieto num canto do caixote com medo de que a barriga arrebentasse. Ficou imóvel, mal respirava de tanto medo. Viu uma pessoa debruçar-se e dizer:

— Está dormindo.

Cobriram-no com um pedaço de flanela; e logo mais começou a roncar. Dormiu durante algumas horas; quando acordou, tudo estava silencioso e escuro naquela casa. Pensou: "Estarei morto? Será que me abandonaram? Que será de mim?".

Pôs a boca no mundo; chorou, lamentou-se, ganiu: uau! uau! uau!

Ouviu o barulhinho de uma porta que se abria, depois uma voz:

— O que é isso? Por que está chorando desse jeito?

Acenderam a luz e duas mãos macias tiraram-no do caixote; parou imediatamente de gritar, percebeu que não estava morto nem abandonado.

Coçaram-lhe a cabeça, alisaram-lhe o pelo; de tão contente, fechou os olhos. Sentiu uma grande felicidade; gostaria de ser assim sempre acariciado, sempre amado. Mas qual! Puseram-no no caixote de novo, deram-lhe mais leite que ele não quis, deitaram-no num cantinho, cobriram-no e a voz disse:

— Fique quieto! Duas horas da manhã e você gritando feito um danado!

Apagaram a luz e fecharam a porta; estava outra vez sozinho na escuridão. Por que aquelas mãos macias tinham ido embora? Queria dormir dentro daquelas mãos, eram quentes e boas. Procurou ficar quieto e dormir, sabia que não devia chorar, mas foi impossível.

Minutos depois recomeçou o choro, um choro sentido, aflito. Pensou: "Daqui a pouco, aquelas mãos vêm me tirar outra vez deste caixote, vou chorar bem alto".

E chorou o mais alto que pôde, mas não veio ninguém. Ninguém! Adormeceu outra vez de tão cansado e, quando acordou, ouviu passos, vozes, viu a claridade por toda a parte. Era um novo dia.

Espreguiçou-se todo satisfeito; tinha dormido bem. Ouviu uns passos leves como se fossem de veludo, depois a porta se abriu e ele olhou; era a mesma pessoa que fora durante a noite ver o que ele tinha.

Ouviu risos e vários tons de vozes; duas ou três pessoas estavam à volta do caixote olhando para ele. Levaram-no para o jardim; começou a andar de um lado para outro, espantado com tudo o que via. Viu grama, hera forrando o chão, flores de várias cores; foi andando e cheirando tudo com atenção. Parou para ver as formiguinhas trabalharem; elas trabalhavam depressa e sumiam dentro de um buraco entre a hera. Ele ficou olhando uma porção de tempo querendo descobrir para onde elas iam.

Depois viu uma aranha pequenina tecendo um bordado cinzento entre uma roseira e um amor-perfeito; ficou olhando extasiado. Quando aproximou o focinho para cheirar a aranha, ela se moveu e ele levou um susto; quis correr, escorregou e caiu de pernas para cima.

Algumas pessoas da casa que o estavam acompanhando riram muito do tombo; comentavam tudo o que ele fazia. Ele levantou-se depressa e correu para outro ponto do jardim procurando outras novidades.

2

UM NOVO COMPANHEIRO

Foi quando viu Whisky, o outro cachorro da casa. Era bem maior que ele, branco e peludo. Tinha um rabo grande feito pluma, sempre revirado para cima. Mais tarde ouviu dizer que Whisky era um vira-lata, mas achou-o simpático e quis puxar prosa com ele. O outro virou-lhe as costas sem dar a menor importância. Samba lembrou-se que, na noite da véspera, tinha visto Whisky deitado num colchão muito macio e no primeiro momento pensou que ele era sua mãe. Quando percebeu o engano, ficou muito desapontado. Quem sabe era por causa desse engano que Whisky não queria saber dele?

Todas as vezes que se aproximava, o outro virava-lhe as costas e ia embora sem nem sequer olhar.

Passou toda a manhã brincando sozinho no jardim; quis pegar um par de borboletas que estava apostando corrida no ar, correu feito louco atrás delas, mas elas voaram mais alto e descansaram no jasmim-do-cabo, rindo por causa dele. Levantou o focinho e cheirou o jasmim-do-cabo. Ah! Que cheiro bom!

Viu um besouro em cima de uma folha, foi chegando bem devagarinho para examiná-lo, queria saber o que era aquilo. Quando chegou bem perto, o besouro abriu as asas fazendo zum... E Samba saiu correndo de medo, tropeçou e caiu em cima de um canteiro de violetas. Ficou ali um tempão sentindo o perfume gostoso.

De repente, levantou o focinho e aspirou o ar várias vezes; vinha um outro cheiro bom de um lugar da casa, era um cheiro diferente, de coisas fritas. Seu apetite despertou. Que seria? Foi correndo para o lugar de onde vinha o cheiro, tropeçou, bateu com o focinho no chão, levantou outra vez e chegou, todo afobado, a uma porta onde havia dois degraus.

A primeira coisa que viu foi Whisky, sentado nas pernas traseiras, dentro da cozinha, olhando com atenção uma pessoa que ia e vinha preparando o tal cheiro gostoso. Mais tarde aprendeu o nome dessa pessoa; chamava-se Dermina; preparava quitutes deliciosos e quando o via chamava-o com voz carinhosa:

— Samba! Vem cá, Samba!

Desde o primeiro dia que viu Dermina gostou dela. Era boa e também gostava dele; punha-o no colo e acariciava-lhe a cabecinha.

Tentou subir os degraus para entrar na cozinha. Mas qual! Não conseguiu. Suas pernas eram curtas e não o ajudavam. Whisky olhou-o com ar de pouco caso e nem pensou em auxiliá-lo. Dermina começou a rir dizendo:

— Suba, Sambinha! Suba!

Ele já estava ficando desapontado e querendo chorar quando apareceu outra pessoa da casa, uma menina chamada Vera. Logo que o viu, exclamou:

— Coitadinho! Ele não pode subir sozinho.

Levantou-o no mesmo instante e colocou-o no chão da cozinha. Ele tornou a aspirar o ar delicioso, pensou que fosse ganhar aquele cheiro bom de bife, mas deram-lhe apenas leite com miolo de pão e um pouco de açúcar.

Como estava com fome, devorou tudo sem pensar mais no bife que Dermina estava fritando.

Vera levou-o novamente para o jardim. Ele passeou entre os canteiros para fazer exercício, sentia a barriga como se fosse estourar. Deitou-se depois sob um arbusto e achou a sombra tão gostosa que dormiu; acordou vendo Whisky ali por perto, correu para brincar com ele, mas o outro virou-lhe as costas e foi embora com o rabão em penacho.

Procurou distrair-se e viu uma borboletinha branca querendo pousar sobre sua cabeça, ficou indignado com a ousadia da borboleta e sacudiu a cabeça com força.

Não teve sorte porque não viu uma pedra que cercava o canteiro e pan!, deu uma cabeçada. Gemeu de dor e esperou que alguém viesse tratá-lo, mas não apareceu ninguém. Só viu Whisky que passeava também no jardim sem olhar para ele. Pensou: "Tenho um companheiro, mas é o mesmo que não ter".

Mais tarde viu dona Maria. Estava distraído, sentado perto dos degraus que davam para a cozinha, quando viu uma pessoa debruçar-se sobre ele e dizer:

— Samba, como vai?

Sentiu a mão dela alisar-lhe o pelo, começou a chorar sem saber por quê. Decerto era porque queria que aquelas mãos o carregassem. E de fato levantaram-no do chão, viu de perto o rosto de dona Maria, era sua dona. Parou de chorar no mesmo instante, contente por estar pertinho dela. Ela levou-o para dentro e mostrou-o ao dono, aquele a quem chamavam de doutor:

— Olhe o Samba.

Passou de colo em colo. O dono agradou-o durante algum tempo, olhando muito para seu focinho, para as manchas marrons que ele tinha na cabeça. Disse:

— Olhe que mancha engraçada!

Foi quando reparou na outra pessoa da casa, chamava-se Pedro. Ouviu o patrão dizer:

— Pedro, leve Samba lá para dentro.

Pedro segurou-o com muito cuidado, como se ele fosse de vidro e se quebrasse. Levou-o lá para dentro e colocou-o no caixote de madeira. Pensou: "Será possível que seja hora de dormir?".

* * *

Ficou quieto uns instantes, esperando. Quando viu que estava abandonado outra vez, começou a chorar alto: au! au! au!

Viu o rosto de Dermina debruçar-se sobre o caixote e falar:

— Coitado do *caçolinho*! O que o *caçolinho* tem?

Parou de chorar para olhar o rosto de Dermina bem de perto, pois ela encostava o corpinho dele em sua face e falava como se ele pudesse entender. Como ela era boa e amável com um pobre cachorrinho!

Fechou os olhos, satisfeitíssimo com a vida. Tinha certeza de que seria feliz naquela casa; todos eram bons para ele. Do colo de Dermina, lá em cima, olhou para baixo e viu Whisky passeando pela cozinha, o rabão branco feito um leque aberto. Pensou: "Esta gente é boa mesmo, é só olhar para esse outro cachorro. Como está gordo e bem tratado!".

Dermina deu-lhe papinha de pão com leite e açúcar, tudo bem amassadinho, bem gostoso. Aquilo escorregava pela garganta dele que era uma gostosura. Dermina riu e disse:

— Nossa Senhora! Já acabou? Quer mais um pouco, *caçolinho*?

Ela era engraçada, gostava de dizer "caçolinho" para ele. Comeu mais um pouco de papinha e sentiu a barriga cheia. "Desta vez arrebenta mesmo", pensou.

Deu umas voltinhas pela cozinha, mas puseram-no logo no jardim. Quando entrou novamente, era noite; o jardim estava escuro, só na cozinha havia luz. Aproximou-se de Whisky e puxou uma prosinha. Whisky olhou-o com aquele mesmo ar de pouco caso e começou a andar para cá e para lá, fugindo dele.

Nesse instante, a porta que dava para dentro abriu-se; apareceu um vulto escuro e uma voz simpática perguntou:

— É este o cachorrinho?

— É, sim senhora — respondeu Dermina. — É o cachorrinho Samba.

3

VOVÓ TAMBÉM

Ele olhou para aquela senhora que tinha voz simpática e logo decorou o nome dela, chamava-se Vovó. Todas as crianças que visitavam a casa e Verinha, que morava lá, diziam Vovó para ela. Samba guardou o nome na memória logo que a viu. Aproximou-se dela e pediu um agrado, ela fez uma carícia na cabeça dele e brincou uns instantes. Disse:

— Então? É você o Samba? É você o Sambinha?

Ele sentiu-se novamente feliz; mais uma pessoa que gostava dele, que o agradava, que lhe alisava o pelo com a mão macia. Vovó também era boa. Percebeu que ela andava devagar e apoiava-se numa bengala, devia ser um pouco doente.

Mais tarde ouviu falar em reumatismo nos joelhos e ficou com muita pena de Vovó, mas por causa desse reumatismo ele arranjou o melhor colo da sua vida.

Vovó não saía de casa, ficava sentada horas e horas, lendo ou conversando e quando o via passar, chamava-o mostrando o colo:

— Venha, Samba! Pule aqui.

Ele pulava no colo de Vovó e se aninhava; ali dormia sonos deliciosos, sem ser interrompido nunca.

Nesse primeiro dia, não conheceu o colo de Vovó, mas, no dia seguinte, experimentou e gostou. Era melhor, muito melhor que o de dona Maria ou o do doutor. O dono e a dona levantavam-se a todo instante para atender telefone, para receber visitas, falar com alguém... Vovó nunca! Era aquele colo parado, imóvel, quentinho.

Depois de brincar com ele, Vovó conversou com Dermina e foi embora, fechando a porta. Puseram-no novamente no caixote e apagaram a luz. Sentia-se muito cansado, pois havia tido um dia cheio de movimento; resolveu dormir a noite inteira. Espichou-se no fundo do caixote, fechou os olhos com força e dormiu um sono só.

4

WHISKY FOGE TODOS OS DIAS

Dias depois, Samba conhecia todos da casa pelo cheiro ou pela voz; cada um tinha um cheiro e uma voz diferentes e isso era muito interessante para ele: dona Maria cheirava a flor, ele não sabia que perfume era, mas era flor. Ela abria um vidrinho e passava a água do vidrinho no lenço, às vezes até no cabelo. O doutor cheirava a cigarro; de longe ele sabia que o patrão vinha vindo, por causa do cigarro. Vovó cheirava a água-de-

-colônia; o lenço, as roupas, o rosto de Vovó tinham esse cheiro. Dermina tinha o cheiro bom da cozinha, de todas as coisas que ele mais gostava. Pedro também tinha cheiro de cigarro, mas um cigarro diferente que ele distinguia muito bem. Vera tinha cheiro de sabonete.

O narizinho dele distinguia todos os cheiros e o seu ouvido era tão fino que muito antes de alguém ouvir qualquer barulho ele já tinha ouvido e percebido que espécie de barulho era.

Percebeu também que seu companheiro Whisky gostava de fugir e passear pelas ruas, o que aborrecia todas as pessoas da casa. Ouvia perguntarem:

— Fugiu outra vez? Mas que cachorro insuportável!

— Um dia, foi espiar para ver de que jeito Whisky conseguia fugir; foi disfarçadamente atrás dele. Whisky fingiu que estava muito interessado em cheirar folhas de hera espalhadas pelo chão; foi indo, foi indo até chegar perto do portãozinho. Parou e olhou para trás, Samba fingiu que não viu e olhou um bichinho que se arrastava na terra; nesse instante Whisky deu um salto, passou por cima do portãozinho e saiu pela calçada, muito lampeiro, o rabo feito pluma, bem espichado.

Samba ficou olhando através das grades do portão e viu quando o companheiro virou a esquina; ficou horrorizado. Deu uns latidos chamando Whisky, mas ele nem ligou, foi embora.

Voltou duas horas depois quando todos da casa estavam aflitos perguntando uns aos outros:

— Whisky não voltou ainda? Ele precisa é de uma boa sova. Deu para fugir, aquele danado!

Samba baixou as orelhas e ficou quieto num canto quando ouviu falar em sova, mas Whisky não tomou sova alguma. Quando no dia seguinte, cedo, depois do café, Whisky preparava-se para fugir, ficou assustado: Pedro veio com uma corda bem grossa, amarrou no pescoço dele e a outra ponta prendeu na torneira baixa da cozinha. Samba compreendeu: em vez de sova, prenderam Whisky. Pedro disse:

— Quero ver você fugir agora...

Samba ficou olhando de longe; Whisky aguentou uma hora, depois foi ficando impaciente, resolveu falar com o companheiro. Todos os animais falam entre si, nós é que não os entendemos. Whisky queixou-se:

— Você acha que esta gente me quer bem? Dizem que me querem muito, mas não acredito; prenderam-me com esta corda tão grossa, estou indignado.

Era a primeira vez que ele puxava prosa com Samba e este respondeu:

— Acho que fizeram isso porque você fugiu...

— Então não hei de passear? — perguntou Whisky. — Todos da casa vão à cidade, fazem seus passeios, só nós ficamos aqui dentro sem sair nunca. Ora esta! Não acha isto um desaforo?

Samba perguntou:

— Falta alguma coisa para você aqui? Não tem boa cama? Boa comida? Água fresca todos os dias?

Whisky olhou para o outro de lado, dando um puxão na corda:

— E me diga uma coisa: falta alguma coisa para as pessoas da casa? Não têm boa cama? Boa comida? Água fresca? E entretanto vão aos seus passeios diariamente...

— Mas eles são gente — disse Samba. — E nós somos cachorros.

— Grande diferença, não? Não sabe que os cachorros, nas cidades grandes, têm todas as regalias que têm as pessoas? Encontrei um dia um companheiro que tinha vindo de um lugar muito longe chamado Europa; e nesse lugar há muitas cidades importantes, cada uma tem um nome, como Londres, por exemplo; outra chama-se Paris. Pois ele me disse que em Paris tem tudo para cachorro, até restaurante especial...

Samba arregalou os olhinhos muito vivos. Perguntou:

— Será possível?

— Sim senhor, tem de tudo. Hospitais para tratamento especial, pensão para eles ficarem quando os donos viajam... Nessas pensões o tratamento é esplêndido; esse amigo ficou uma vez numa dessas pensões e gostou muito. Ele me disse que lá era uma gostosura, passeava todos os dias com o dono, mas passeava na cidade, pois lá toda a gente leva os cachorros quando sai, até para fazer compras na cidade.

— Que maravilha! — murmurou Samba.

— Pois lá a cachorrada leva vida igual às pessoas; tem até cemitério para cachorro...

— Não diga! — exclamou o companheiro admirado.

Whisky continuou:

— Em Londres, onde meu amigo também esteve, ele me disse que fazia um frio de matar, mas nem por isso sentia tanto assim, pois todas as vezes que saía, ia com capa...

— O quê? — perguntou Samba.

— Capa de lã bem quentinha que cobria todo o lombo dele; disse que a neve caía e ele passeava sem sentir frio algum. Entrava nos restaurantes com o dono e sentava-se bem pertinho dele; o dono pedia um prato de comida bem gostosa e ele comia ali mesmo, às vezes, até sentado na cadeira ao lado.

— E ninguém caçoava? — tornou a perguntar Samba.

— Qual o quê! Pois tinha uma porção de gente que fazia a mesma coisa e levava também cada um seu cachorro. Lá é diferente; cachorro e gente levam quase a mesma vida. Agora me prendem com esta corda tão grossa...

Samba baixou a cabeça e ficou pensativo; Whisky deitou-se e fechou os olhos, pensando nos cachorros da Europa.

De repente, Samba correu ao encontro de dona Maria que vinha entrando pela porta da cozinha, ficou radiante ao ver a dona. Ela acariciou-lhe a cabecinha, depois dirigiu-se a Whisky:

— Então, Whisky? Está preso hoje? Por que vive fugindo?

Ele levantou-se para cumprimentar a dona, sacudiu a cauda, depois deitou-se de novo, muito desconsolado.

— Coitado! — disse dona Maria. — Pedro, ele vai ficar preso o dia inteiro com esta corda?

Pedro respondeu que Whisky estava impossível, ninguém podia com a vida dele; só fugia, fugia sem parar. De repente a carrocinha o levava, ou um automóvel o atropelava, o que seria ainda pior. Dona Maria coçou a cabeça de Whisky e disse:

— Mas ele não pode ficar preso sempre. Coitado!

Vera e Dermina também foram olhar o prisioneiro; mais tarde veio o patrão dizendo:

— É melhor soltar, tirem essa corda...

— Mas ele foge, vive na rua — disse Pedro.

— O que se há de fazer? Deixem que vá para a rua, assim é que não pode ficar.

Tiraram a corda do pescoço de Whisky e deixaram-no à vontade, conforme a ordem do patrão. Nesse dia ele não fugiu, mas no dia seguinte, logo depois do almoço, foi dar suas voltinhas. E assim todas as tardes. Até que um dia...

5

SAMBA FICA COM PENA DE WHISKY

Era um domingo frio e chuvoso; Samba foi convidado para se aquecer ao lado dos patrões, diante da lareira da sala. Era muito friorento; foi logo para lá e sentou-se no tapete ao lado de Vera, ambos olhando a lenha que se queimava e aquecia toda a sala.

Whisky foi convidado também, mas não aceitou o convite; como sempre, preferiu a rua e pulou o portão. O patrão estava lendo o jornal, dona Maria lendo um livro; toda a sala estava agradavelmente aquecida. Vera folheava uma revista, Samba olhava o fogo.

De repente, todos ouviram gritos agudos, mas não perceberam o que havia acontecido; só Samba levantou as orelhas, muito assustado. Que seria?

Quase no mesmo instante Pedro entrou pela sala adentro e pediu a dona Maria e ao doutor que fossem à cozinha ver Whisky. Foram imediatamente; então Pedro contou que tinha ouvido gritos no jardim e foi ver o que havia; viu então um enorme cachorro policial morder a barriga de Whisky, no momento em que ele tentava pular o portãozinho de volta do passeio.

Whisky estava todo ensanguentado, deitado na sua cama e se lambendo; todos debruçaram-se para ver os ferimentos. Um era grande e parecia um buraco que sangrava muito. Foi uma consternação; Dermina, Pedro e Vera ficaram muito penalizados. Dona Maria e o doutor examinaram o ferimento, estava feio. Samba aproximou-se para ver de perto, Whisky rosnou dizendo:

— Vá embora daqui e não me amole.

Apesar disso Samba ficou muito condoído. Os donos não puderam pôr remédio nos ferimentos de Whisky; quando ele viu os preparativos e o vidrinho de iodo nas mãos do dono, ficou furioso; ameaçou morder todos da casa, esperneou, gritou, rosnou, mostrou os dentes para os donos. Samba aconselhava de longe:

— Tenha calma, camarada. Eles querem tratar de você.

Qual! Não foi possível. Deixaram Whisky na cama lambendo-se todo e foram embora para a sala. Muitas vezes, durante esse dia, Samba foi espiar o amigo deitado no colchão para ver se o consolava um pouco, mas o companheiro estava de um mau humor horrível. Não deixou o outro se aproximar uma vez sequer para ver o ferimento, ameaçava mordê-lo. E não provou comida o dia todo.

Veio a noite; fazia cada vez mais frio. Todos se reuniram novamente à volta de Whisky para ver se podiam fazer alguma coisa por ele, mas Whisky não aceitou nada. Nem carinhos, nem remédios, nem agrado.

Foram todos dormir. Samba ficou no colchão ao lado de Whisky e teve pena do amigo. Durante toda a noite Whisky gemeu e lamentou-se, queixou-se de toda a gente, disse que isso não era vida, pois o haviam abandonado naquele colchão duro e tinham ido dormir sem se importar com as dores que ele estava sofrendo. Samba arregalou os olhos:

— Como? Estou vendo que você é muito ingrato. Quiseram tratar e pôr remédios nos seus ferimentos, você não deixou; quiseram dar comida, você não aceitou. O que mais quer, ingrato?

O outro não respondeu.

— Isso é a mais negra ingratidão — continuou Samba. — Não se deve tratar mal a quem nos trata bem.

— Ai! — gemeu Whisky. — Quando não se tem sorte, é assim mesmo. Agora vem você, uma criança ainda, a me aconselhar bobagens. Trate de sua vida que é melhor.

Passaram assim a noite, quase sem falar. No dia seguinte, às oito da manhã, Samba viu Pedro aproximar-se, carregar o companheiro ferido com cuidado e levá-lo para o automóvel do patrão que já estava esperando lá fora. Samba ouviu Dermina dizer que Whisky tinha ido para um hospital.

* * *

Passaram-se quinze dias. Afinal, Whisky chegou completamente curado. Entrou em casa, comovido; queria chorar todas as vezes que falavam com ele. Achou Samba crescido; percorreram juntos todos os recantos do jardim, espiaram as galinhas dentro do galinheiro, subiram a escadinha da garagem para ver se no quarto de cima não havia ratos.

Passaram juntos a tarde toda. Samba contou que havia um lugar no jardim, onde descobrira minhocas das grandes, daquelas que pareciam cobras. Contou que já comia de tudo e Dermina dava-lhe cada bife... Uma delícia.

Mostrou uma grande teia de aranha tecida na véspera entre duas roseiras, Whisky encostou o focinho na teia para cheirá-la. Depois Samba contou que um passarinho marrom tinha feito ninho nos pinheirinhos. Pena que estava no alto e não podiam ver, mas já havia filhotes porque ele vira o pai e a mãe voando pra lá e pra cá, trazendo coisinhas para os filhos comerem.

Whisky quis ver onde estava o ninho e quando Samba mostrou, ele deu pulos para alcançá-lo.

— Que quer fazer? — perguntou Samba.

— Quero matar os passarinhos.

— Não pense nisso; nosso dono ficará furioso com você. Já tomei uns tapas de Dermina por perseguir um passarinho verde que andou por aqui outro dia.

— Ninguém precisa saber — respondeu Whisky mostrando os dentes. — Só se você for contar, linguarudo.

— Não conto nada. Mas você é um cachorro levado da breca, mal chega do hospital, já está fazendo reinação.

Whisky sacudiu o rabão branco e foi andando sem responder. Sentou-se depois no meio da hera e contou para Samba que tinha sido muito bem tratado no hospital; sofreu muitas dores no princípio, depois passou melhor. Comeu bem; só que não gostou dos vizinhos de quarto: cada cachorro sem educação que até ele teve vergonha de ser cachorro; uns danados barulhentos que se queixavam de tudo: da comida, do trato, diziam que a limpeza não era grande coisa, reclamavam contra tudo... Whisky terminou:

— Vai ver que na casa deles tinham apenas um canto no fundo do quintal e um pano para dormir. Quem sabe nem tinham pano. Esses são os piores, reclamam contra tudo...

— É mesmo — confirmou Samba.

Samba contou a última novidade no fim da conversa:

— Sabe que já dou meus passeios na rua todas as tardes com Pedro?

— O quê? — disse Whisky muito admirado. — Então, agora nossos donos estão mais humanos e compreenderam que precisamos também dar nossos passeios? Por que Pedro precisa ir?

— Mas vou preso numa cordinha, um couro que passa aqui no meu peito e no pescoço; não vou solto.

— Ah! Ah! logo vi — disse Whisky. — Eles seriam incapazes de tanta generosidade. Ir solto ao lado deles? Logo vi que era impossível!

Fez um gesto de pouco caso.

— A questão — continuou Samba — é que é perigoso ir solto. Nós atravessamos a rua a todo instante e pode vir um automóvel e nos matar.

— Bobagens — disse Whisky. — Não podemos deixar de atravessar as ruas, pois precisamos cheirar todas as árvores, e essa história de automóvel é para nos enganar. Sei me defender muito bem.

— Você é um camarada que nunca está contente — disse Samba. — Está sempre se queixando de uma coisa ou outra, francamente não compreendo seu caráter...

— Nem eu, o seu — respondeu Whisky mal-humorado. — E sabe de uma coisa? Vou brigar com aquele policial que me pegou outro dia. Ele há de me pagar.

Whisky foi andando com o rabo que nem leque, um bruto ar de desprezo, aproximou-se do portãozinho e pucutum!, pulou para a rua.

Samba ficou olhando de longe, sem nada dizer; nessa noite ouviu longos comentários na cozinha, antes de o companheiro voltar da rua. Pedro disse:

— Pensamos que tivesse servido de lição... Qual! Está na rua outra vez.

— E cada vez demora mais tempo lá fora; não tem um pingo de juízo — confirmou Vera.

— Por isso gosto do Samba — disse Dermina. — Se ele quisesse, pulava também que era uma beleza. Ainda mais que ele é Fox; mas não pula. Fica quietinho aqui dentro, bem ajuizado. Por isso gosto dele...

6

ADEUS, COMPANHEIRO

O cachorrinho Samba sentia-se feliz; tinha tudo, nada lhe faltava. Gostava de todos da casa: brincava com Vera, corria atrás de Whisky, deitava no colo da Vovó. Só que Vovó desaparecia de quando em quando, entrava num automóvel com mala e ia embora, custava voltar.

Nos dois primeiros dias, Samba procurava-a por toda a parte, principalmente no quarto dela. Não podia estar escondida nalgum cantinho? Ele espiava debaixo da cama, atrás do guarda-roupa, atrás da porta, cheirava tudo para ver se descobria Vovó. Pulava em cima da cama e procurava... Não podia estar debaixo do colchão?

Quando percebia que ela não estava mesmo, esquecia. Não pensava mais nisso, até que um dia Vovó aparecia outra vez, com colo e tudo. Que festa!

Ele e Whisky passeavam juntos, levados por dona Maria e Vera. Cada um ia preso numa cordinha e Whisky reclamava sempre, dizendo que não era criança para andar assim amarrado.

Era um cachorro esquisito; vivia sempre de cara emburrada, com ar contrariado, não admitia brincadeiras com ninguém, mas tinha muita paciência com Samba... Só vendo. Quando estava deitado, cochilando, Samba vinha todo disfarçadinho e sentava-se sobre a cabeça de Whisky, ficava ali sentado como se a cabeça do companheiro fosse a melhor cadeira do mundo... E conversava com Whisky; o mais engraçado é que Whisky, em vez de se zangar, conversava também.

Samba, numa vozinha fina, fazia him... him... him... Whisky, com a cabeça achatada no chão, pois o outro estava sentado em cima, fazia hom... hom... hom...

Vera ria, Dermina ria, Pedro ria; depois chamavam dona Maria e o patrão para verem também a conversa dos dois. Era formidável.

Mas Whisky continuava a fugir. Pelo menos duas vezes por dia ele pulava o portãozinho e ia andar pelas casas vizinhas e pelas ruas, depois de uma hora ou mais, ele voltava. Todos da casa se aborreciam com as fugas dele, Pedro dizia: — Um dia ele fica debaixo de um automóvel. Aí quero ver... Dermina respondia: — Também a gente tem dó de prendê-lo o dia todo; só se fizessem o portão mais alto...

Os donos não sabiam o que fazer com Whisky.

Um dia de manhã houve grande alvoroço na rua; passou uma carrocinha de prender cachorros e quase levou Whisky. Foi assim: como sempre, logo depois do café, o pestinha lembrou-se de dar umas voltas. Estava na esquina quando viu uma carrocinha e uns homens esquisitos com cordas entre as mãos.

Estava distraído observando um passarinho numa árvore; de repente, reparou que os homens estavam se aproximando cada vez mais e olhando disfarçadamente para o lado dele, viu então que dentro da carrocinha havia cachorros presos, e tinham um olhar tão triste... tão triste... Um luluzinho branco até chorava.

Whisky não era bobo. Percebeu que se continuasse ali parado, alguma coisa ruim aconteceria; resolveu correr para casa. Deu uma corridinha disfarçada e percebeu que os homens também corriam atrás dele e iam alcançá-lo.

Calculou a distância e viu que não teria tempo de pular o portãozinho da casa, pois os homens maus o laçariam; resolveu então dar uma volta pelo quarteirão para distanciar-se dos caçadores que levavam cordas entre as mãos. Assim fez. Correu feito um louco pela calçada, ouvindo sempre o tropel dos homens atrás dele; deu volta em todo o quarteirão, cada vez mais depressa a fim de ganhar distância.

Quando viu o portãozinho da casa outra vez, já bem cansado, armou o pulo e pucutum! para dentro do jardim.

Os homens ficaram parados na calçada em frente

com caras de bobos; Whisky, já no jardim, bem garantido, olhou para eles como se dissesse: ganhei!

O vizinho da esquina, que havia assistido a toda a corrida, não se conteve, foi tocar a campainha e contar a dona Maria a estupenda proeza de Whisky, pois ninguém da casa sabia o que estava se passando.

Riram das caras desapontadas dos homens da carrocinha; mas nesse dia mesmo resolveram o destino de Whisky.

Dois dias depois levaram-no para uma chácara muito bonita no alto da serra. Lá não havia cachorros e ele foi muito bem recebido.

Antes de entrar no automóvel para seguir viagem, ele foi despedir-se de Samba:

— Adeus, companheiro. Não sei quando nos veremos.

— Vou sentir sua falta — respondeu Samba. — Estava tão acostumado com você... Não terei mais cabeça macia para sentar em cima.

— Quem sabe um dia voltarei. Nem sei se vou me acostumar lá; se não me acostumar, fugirei e voltarei.

— A culpa é sua — disse Samba. — Vive fugindo. Por causa da carrocinha que vão mandar você para lá.

— Bem adivinhei — disse Whisky. — Mas fiz bonito, não? Você até me deu os parabéns.

— Foi admirável, mas faz muito mal em fugir sempre. Aborrece nossos donos.

— Não sei o que fazer — falou Whisky. — Gosto tanto de dar minhas voltas...

Ouviram nesse instante dona Maria chamar:

— Venha, Whisky! Suba no automóvel.

— Adeus, companheiro — disse Samba. — Seja feliz.

7

SAMBA ESTÁ SEMPRE CONTENTE

Durante os primeiros dias, Samba sentiu saudades do amigo, depois foi se acostumando. Um dia disseram-lhe à hora do almoço:

— Vamos visitar Whisky.

Entraram no automóvel e atravessaram um túnel cheio de lâmpadas acesas, depois a cidade movimentada. Passaram por cima de uma ponte; Samba olhou o rio, havia muitos barquinhos que desciam e subiam navegando sobre as águas. Depois um bairro feio e sujo; em seguida uma estrada asfaltada com casas simpáticas de lado a lado; algumas pequenas, apenas com uma janela na frente, outras suntuosas, com jardins à volta.

O automóvel corria e Samba olhava através da janelinha, observando tudo o que via; passaram pela rua principal de uma pequenina cidade. Começaram a subir a serra, era um caminho com subidas e curvas. Lá em cima ficava a chácara. Whisky saberia que eles iam visitá-lo?

* * *

A chácara era muito bonita, Samba nunca pensou que houvesse lugares tão lindos assim: gramados a perder de vista, uma grande piscina que mais parecia um lago, árvores, arbustos, canteiros com flores vermelhas e azuis, escadas para a gente subir e descer. E a casa lá no alto de um morro.

No meio dessa grandeza, dessa beleza toda, quem estava lá feliz como um rei? Whisky!

Correu para encontrar o companheiro e cumprimentaram-se entre abraços e correrias. Primeiro ficaram de pé, com os braços de um sobre os ombros de outro, depois Samba disse, alegre:

— Vamos apostar uma corrida?

Saíram juntos numa correria desenfreada pelos caminhos rodeados de arbustos, contornaram a piscina sempre correndo, voltaram e partiram de novo, felizes por estarem novamente juntos.

Na corrida, o rabo branco de Whisky parecia uma pluma em linha reta e Samba correu tanto que, quando parou, estava quase sem fôlego. Dona Maria comentou:

— Estão contentes por se verem juntos outra vez.

Enquanto isso, Samba puxou Whisky para um lado e perguntou:

— Então? Está bem aqui?

— Muito — respondeu o outro. — O povo da chácara é bom e nada me falta. Há quatro crianças, mas não me aborrecem muito; Antônio é o meu dono e eu quero bem a ele. Não tenho queixas...

— Não foi você que me disse uma vez que casa que tem criança não é boa para cachorro?

— Meu pai dizia isso — falou Whisky. — E quando cheguei aqui tive medo, mas as crianças já são grandes e não me aborrecem. Só há um pequeno que vive atrás de mim a querer pegar no meu rabo, mas eu não ligo muito. E não te conto nada, já matei dois gatos.

Samba assustou-se:

— O quê? Meus patrões nunca permitiriam que eu fizesse isso. Meu dono costuma dizer que todos têm direito à vida e não se deve matar nada: nem gatos nem passarinhos.

— E nem as raposas que vêm comer as galinhas do Antônio?

— Ah! Isso é diferente — respondeu Samba. — Mas gato?

— Pois é só eu ver um na minha frente que mato mesmo — respondeu Whisky. — Tenho toda a liberdade, faço o que quero e ninguém me diz nada, nem meu dono Antônio. Levo um vidão...

— Eu também estou sempre contente — disse Samba. — Tenho tudo e o amor dos meus donos que é o que mais prezo.

— Você tem sorte — disse Whisky. — Foi cair numa casa onde não há nenês. Eu me lembro que meu pai dizia sempre: "Feliz do cachorro que vai para uma casa onde não há criancinhas; terá todas as regalias...". Você tem sorte; se lá houvesse um nenê, só queria ver...

— Você também não pode se queixar; primeiro morou lá, agora veio para cá onde tem toda a liberdade...

— Então vamos correr outra vez — propôs Whisky.

Apostaram corrida por algum tempo e Whisky mostrou ao companheiro a chácara toda. Despediram-se e Samba prometeu voltar de vez em quando para uma visitinha.

Quando iam voltando para a cidade, Samba, no colo de dona Maria, foi pensando: "Como Whisky está selvagem! Imagine! Matando gatos! Nunca pensei que ele ficasse mau assim. Também o gênio dele nunca foi muito bom, só tinha paciência comigo... Afinal... Eu é que estou sempre contente...".

E fechou os olhos, a cabeça recostada no braço da dona.

8

SAMBA, SAMBICA, SAMBOCA, SAMBUCA

Os netos e bisnetos da Vovó costumavam visitá-la todas as semanas e, assim, Samba ficou conhecendo todos eles.

Cecília era uma das netinhas mais simpáticas: era uma menina de rostinho redondo e olhos grandes, gostava tanto do Samba que queria um igual a ele. Quando vinha visitar Vovó, dizia:

— Como vai, Sambica? Venha brincar comigo.

Vera, Lúcia, Oscar, Quico, Henrique, Eduardo faziam parte da turma alegre dos netos. Cada um chegava, beijava a mão de Vovó e perguntava:

— Como vai, Vovó?

E depois perguntavam:

— Onde está Samba?

Mas nenhum deles sentava no colo de Vovó porque eram grandes, só Samba. Ele dava um pulinho, deitava-se no colo quente e macio, onde ficava bem enroladinho e escutava as histórias que Vovó contava aos netos. Eles diziam para o cachorrinho:

— Que graça, não? Bem refestelado no colo da Vovó!

Vovó dizia:

— Deixem o Samba sossegado.

E acariciava-lhe a cabeça enquanto contava mais histórias para os netos; Samba escutava também com toda atenção, apesar de não compreender nada.

Depois, dona Maria chegava da rua e convidava as crianças para brincar de esconde-esconde com Samba; chamava Samba de Sambica, Samboca, Sambuca. Ele deitava-se no chão e virava a barriga para cima de tão contente.

Quando cansavam de brincar de esconde-esconde, brincavam com a bola: jogavam a bola longe para ver quem pegava primeiro, quase sempre era Samba, corria como louco e a abocanhava.

Depois voltavam a brincar de esconde-esconde; dona Maria ficava sentada na porta da cozinha e tapava os olhos do cachorrinho. Dizia para as crianças:

— Vão se esconder. Depressa!

Um ficava atrás da porta, outro corria para o quintal, outro dentro da garagem, outro ainda na despensa, assim todos se escondiam. Samba ficava pulando de aflição, os olhos cobertos com a mão de dona Maria.

Ela só largava o Sambica quando ouvia uma voz abafada dizer: "Pronto!".

O cachorrinho saía dando latidos nervosos: au! au! au! e procurava a criançada. Quando encontrava um, era um grito que se ouvia:

— Ele me achou! Ele me achou!

Depois outro, outro, assim encontrava um por um. Vera e Cecília corriam pelo quintal aos gritos; Samba adorava essas brincadeiras.

Gostava de correr atrás da meninada e ficava contente quando dona Maria dizia: Samba, Sambica, Samboca, Sambuca, ele deitava-se de barriga para cima para que ela coçasse.

9

A PRIMEIRA SEPARAÇÃO

Um dia houve grandes preparativos na casa, arrastaram-se malas, deixaram-nas abertas durante muitas horas. O telefone tocava a todo instante, roupas chegavam das lojas e das costureiras, todos andavam apressados. Dona Maria e o doutor não paravam em casa.

Samba olhou tudo com indiferença, aquilo não era nada demais. Que poderia ser?

Mas uma bela manhã, aquelas malas cheias de roupas foram colocadas dentro do automóvel; de repente, ele viu os donos prontos para sair, despediram-se de todos da casa e dele também, o patrão levantou-o nos braços e até o abraçou.

O automóvel saiu pelo portão grande e ele ouviu muitas vezes as mesmas palavras:

— Boa viagem! Adeus! Até a volta!

E tudo ficou silencioso na casa, parecia um deserto. Vovó ficou, mas também parecia triste, quase sem assunto. Samba pensou: "Eles voltam. À hora do jantar estarão aqui".

Mas não voltaram, nem nesse dia, nem no outro, nem no outro... Ele ficava todas as noites sentado na porta da cozinha esperando os donos. Vinha a tarde e a noite, todos jantavam, mas ele não queria comer. Por que os donos não voltavam? Onde estariam? Por que o haviam abandonado? Não podia compreender o que tinha acontecido.

Às vezes, durante o dia, seu coração batia apressado, parecia ter ouvido as vozes dos donos lá em cima; subia as escadas feito um louco e procurava, procurava em todos os recantos: atrás das portas, debaixo das camas, dos guarda-roupas...

Nada. Eram Vovó e dona Guiomar que conversavam serenamente no escritório de dona Maria. Ele descia a escada tão desapontado, tão triste...

Dermina então tinha dó, pegava Samba no colo e explicava:

— Eles voltam, Sambinha. Eles voltam no fim do mês, foram para Caxambu.

Mas isso ele não podia compreender e Caxambu era uma palavra desconhecida para ele: só sabia que sentia uma falta imensa deles e vivia com o coração apertado. Nunca pensou que sofresse tanto assim, até ficou doente. Dona Guiomar, que era irmã de dona Maria e tinha vindo para fazer companhia à Vovó, agradava Samba, punha-o no colo, coçava-lhe a cabeça. Qual! Samba ficou doente.

Pedro levou-o ao médico e o médico deu-lhe uma injeção; Samba não gostou nada do tratamento e ficou aborrecidíssimo. Não quis saber de nada, nem dos agrados de dona Guiomar, nem do colo da Vovó.

No dia seguinte o lugar da injeção estava inflamado e dolorido. "Ainda mais isto para me aborrecer", pensou Samba. E ficou cada vez mais triste, sem vontade de brincar, sem vontade de correr, de nada.

Pedro, Dermina e Vera tratavam dele, dona Guiomar tratava dele. Vovó chamava-o para o colo:

— Venha, Samba, venha no meu colo.

Mas ele estava inconsolável. Sentia saudades e tinha a injeção inflamada, tudo para fazê-lo sofrer; queria ouvir as vozes dos donos, queria brincar com eles, queria pular no colo do doutor e lamber-lhe a orelha. Seu coração sofria, sofria...

Um dia, toda a casa se pôs em rebuliço: enceraram, puseram tapetes ao sol, colocaram flores em todas as jarras, todos falavam ao mesmo tempo. Até dona Guiomar foi para a cozinha fazer um sorvete especial.

E falavam com ele sempre que passavam ao seu lado; falavam em dona Maria, no doutor, mas ele não prestava atenção. Sofria. Uma hora, Dermina ouviu um automóvel buzinar na esquina e gritou:

— Samba, o patrão chegou!

Ele nem levantou as orelhas, sabia que não eram eles, pois a buzina era diferente; esperou durante tantos dias a buzina conhecida que agora nem tinha mais esperança de ouvi-la novamente.

Continuou indiferente, mas, ao ver os preparativos todos e dona Guiomar batendo sorvete com tanta animação, não pôde deixar de sentir-se um pouco alarmado. Ficou sentado na porta da cozinha, olhando umas formigas que passavam carregadas de coisas na boca; umas levavam folhas enormes, outras levavam torrões

de barro, outras levavam pedaços de bichos, uma até levava asa de borboleta.

Elas entravam em um buraco na terra, deixavam a carga dentro do buraco e saíam outra vez para procurar mais coisas. Samba olhava e pensava tristemente em sua vida: aquela bruta ferida no corpo que não queria sarar, aquela saudade no coração... Foi quando ouviu uma buzina tocar três vezes seguidas. Não havia engano possível, eram os donos queridos. Correu latindo pelo jardim, foi até o portão grande, viu então o carro cheio de malas e os donos. Sim, haviam voltado. Que felicidade! Apesar das dores, pulou de satisfação e foi para o colo de dona Maria, depois para o do doutor.

Nessa noite jantou bem, esqueceu a injeção inflamada, correu, deitou no colo do dono, lambeu-lhe a orelha... e, à hora de dormir, foi um sono só até o dia seguinte, um sono perfeitamente feliz. Pensou que havia sonhado, mas no dia seguinte, quando viu que era verdade e eles estavam ali, correu pela casa toda dando gritinhos como se dissesse: "Sou feliz, feliz, feliz. Estou contente, contente, contente".

10

A FUGA

Um ano, dois, três anos se passaram. Samba cresceu, já não era criança. Não sofria tanto quando os donos iam viajar, porque sabia que eles voltariam, esperava com ansiedade o dia da chegada. Sabia que Vovó desaparecia de quando em quando, mas voltava um dia e trazia alegria e o colo macio para ele.

Uma vez ou outra fazia uma breve visita ao camarada Whisky na chácara. Whisky contava proezas e aventuras, dizia estufando o peito:

— Até hoje matei quatro gatos, três gambás, enxotei um cachorro policial formidável que apareceu por aqui e ficou com medo de mim. Um dia quis pegar uma cobra, não peguei porque Antônio não deixou, senão eu acabava com a vida dela; e era uma cobra grande. E você o que tem feito?

Samba falava com indiferença, levantando o focinho:

— Você mora na roça, deve ter muitas aventuras para contar. Lembre-se que eu resido na cidade e nada demais pode acontecer. Somente pego ratos; desde que cresci já matei uns oito, nem sei bem.

— Impossível — disse Whisky. — Então você mora num lugar onde há tanto rato assim? É a cidade dos ratos. Não é naquela casa onde morei?

Samba respondeu:

— Justamente. Não se lembra de um terreno baldio que havia ao lado? Pois ali era o foco das ratazanas, mas acabei com quase todas. Quando eu era pequeno, meu dono me proibiu de pegar ratos, tinha medo de que os ratos me pegassem, pois eles eram muito grandes. Depois que cresci, começou a caçada. É uma folia, você precisava ver: Dermina sai com uma vassoura na mão fazendo uma gritaria medonha, quer ajudar mas até atrapalha. Vera grita: "Pega! pega!", Pedro corre para cercar o rato. Um sururu danado, e no fim quem pega sou eu.

— E come? — perguntou Whisky.

— O quê? Onde é que se viu comer essa porcaria? Mato e ando com ele na boca pelo quintal todo para verem minha caçada, depois Pedro tira da minha boca e joga no lixo. Quase acabei com as ratazanas.

Depois dessas conversas, Samba despedia-se do companheiro e voltava para a cidade com os donos. Passeava todas as tardes com Pedro e à noite dava umas voltas com os donos, logo após o jantar.

Um dia, estava distraído no jardim olhando um besouro que estava dependurado numa folha de hera: quando o vento batia na folha, ela balançava e o besouro quase caía, ia pra lá e pra cá como se aquilo fosse um balanço. Samba estava com inveja; de repente veio uma borboleta amarela com risquinhos brancos e sentou-se sobre uma rosa; depois um beija-flor verde espantou a borboleta para sugar o mel que estava dentro da rosa. Samba pensou: "Será que tem mel mesmo? Qualquer dia vou experimentar".

O besouro balançava, balançava na folha de hera; a borboleta voou e sentou-se sobre uma camaradinha; o beija-flor foi embora depois de ter se deliciado com o mel, ficou sobre um galho do jacarandá limpando o biquinho.

O vento fez zum... e derrubou o besouro no chão, Samba teve vontade de rir. Foi nesse instante que olhou por acaso e viu o portãozinho aberto. Alguém tinha se esquecido de trancá-lo; andou mais um pouco e chegou até ele, olhou a rua, estava deserta. Pensou: "Não custa nada dar uma voltinha até a esquina".

Foi andando bem devagar, cheirando a grama das calçadas e as árvores da rua. Era bem divertido andar sozinho, sem couro algum apertando o peito. Foi andando; de vez em quando olhava para trás para ver se alguém o estava vendo. Ninguém.

Na esquina encontrou Cricri, um cachorrinho branco que pertencia a uma casa vizinha e vivia solto, tinha uma boa vida. Sua dona chamava-se Ana Maria, era uma menina bonitinha e boa, gostava muito dele.

— Então? — perguntou Cricri. — Está solto hoje? Que milagre! Que aconteceu para deixarem você sair sozinho?

Samba não gostava de contar que vivia preso; disfarçou e respondeu:

— Às vezes venho sozinho até aqui. Não sabia?

— Não — respondeu Cricri. — Vejo você sempre na correia, não sabia que tinha essas liberdades. Tinha pena de você.

— Por que pena? Nada me falta — disse Samba.

— Ora, falta a liberdade de viver na rua — respondeu Cricri.

— Para que quero tanta liberdade? De repente um automóvel traiçoeiro me pega.

— Qual pega nada! Vivo passeando o dia todo, tenho liberdade e não tenho medo de automóvel. Seus donos falam assim para pôr medo em você.

Samba não gostou, por isso propôs umas voltas mais longe:

— Vamos andar um pouco mais?

— Vamos — respondeu Cricri. — Onde quiser, conheço um passeio bonito por este lado.

Nesse momento os dois ouviram a vozinha de Ana Maria chamando:

— Cricri! Cricri! Venha cá!

— É comigo, mas eu finjo que não ouço — disse Cricri. — Vamos embora.

Assim juntos, foram caminhando sem destino.

Pouco mais adiante encontraram um cachorro preto peludinho, um vira-lata que disse aos dois com ar arrogante:

— Que andam fazendo por aqui, seus grã-finos?

— O mesmo que você — respondeu Cricri, que estava acostumado com os cachorros da rua. — Estamos dando umas voltinhas pelo bairro.

Fizeram conhecimento e os três continuaram juntos; cheiraram muitas árvores, afinal Cricri chamou a atenção de Samba:

— Já é um pouco tarde, vou para casa. Não é melhor voltarmos?

Samba quis mostrar-se valente:

— É muito cedo. Se quiser, pode ir. Vou dar umas voltinhas com este novo companheiro.

Cricri despediu-se dos dois e voltou para casa num trotinho ligeiro, Samba continuou o passeio ao lado do vira-lata.

Depois de terem andado durante uma hora ou mais e visto muitas coisas bonitas e feito conhecimento com outros companheiros, Samba disse:

— Por hoje chega. Qualquer outro dia voltarei aqui para passearmos juntos outra vez. Até logo, camarada.

— Até logo — respondeu o vira-lata. — Sabe o caminho da casa ou quer que ensine?

— Obrigado, sei muito bem — respondeu Samba.

Virou a primeira esquina e foi andando, lembrou-se de que havia passado por aquela rua e que tinha visto aquelas casas; cheirou todas as árvores e reconheceu que eram as mesmas. Estava certo. Andou, andou e de repente percebeu que estava perdido. Não encontrava o caminho da casa: virou ruas, dobrou esquinas, voltou para o mesmo lugar onde havia encontrado o vira-lata. Nada. Arrependeu-se de não ter acompanhado Cricri, pois ele era um companheiro sabido e estava acostumado com todas as ruas.

Procurou o vira-lata para ensiná-lo, mas ele não estava mais ali. Que fazer? Continuou a andar e percebeu as luzes da rua se acenderem de súbito. Era noite e ele ainda fora de casa. Que estariam pensando dele? Precisava voltar de qualquer maneira, nem que andasse a noite inteira até encontrar sua casa.

Caminhou pelas ruas e não reconheceu nenhuma; parecia que estava em outro bairro, de outra cidade. Que fazer? Começou a fugir das ruas onde havia muitos automóveis e assim foi parar num lugar completamente desconhecido. As casas eram raras e umas longe das outras; havia grandes quintais com muito arvoredo. Sentiu fome. Onde encontrar um pouco de comida? Lembrou-se de que a essa hora, em casa, Dermina fazia o pratinho dele com carne picadinha, arroz, macarrão e, às vezes, um belo osso com tutano dentro. Dermina dizia: "Hoje tem osso com tutano, Samba. Olhe que delícia".

Sentiu água na boca e pensou consigo que se encontrasse novamente sua casa, nunca mais fugiria, mesmo que visse o portão escancarado. Aspirou o ar e parou: sentiu um cheiro de carne assada. Naquela casa, onde havia uma luz muito fraquinha, estavam assando um pedaço de carne. E se ele entrasse e pedisse? Ele sabia pedir quando queria: punha as duas patinhas nos joelhos de uma pessoa e essa pessoa sabia que ele estava pedindo alguma coisa.

Resolveu arriscar. Muito lentamente passou através de uma cerca e entrou num quintal desconhecido; foi andando com cuidado, ouviu choro de criança, depois voz de homem. Andou mais; encontrou uma bacia cheia de roupa lavada, lembrou-se de que estava com sede e tentou beber a água da bacia, mas estava misturada com sabão e ele não conseguiu engolir.

Chegou até a porta da cozinha, de onde vinha o cheiro; ficou escutando longo tempo. Ouviu vozes desconhecidas e passos de quem andava de um lado para outro. A criança chorou outra vez, depois tudo ficou quieto. "Já jantaram", pensou. "Vou esperar mais um pouco, depois bato na porta."

Nesse instante alguém abriu a porta e uma luz brilhou na direção do Samba! Ele não se moveu, ficou esperando; a mulher disse para alguém lá dentro:

— Vou recolher a roupa. Olhe um cachorro aqui. Sai, cachorro!

Levava um pau na não, atirou-o na direção dele. Samba saiu correndo, assustadíssimo, enquanto uma voz de homem perguntava:

— Onde está o cachorro?

— Já foi embora; atirei um pedaço de pau nele.

Adeus, carne assada, adeus, água para beber. Sentindo fome e sede, tratou de fugir.

11

PERDIDO

Alcançou a rua correndo e foi para mais longe. Foi andando sem saber o que fazer. Por toda a parte havia escuridão, uma tremenda escuridão. De longe em longe, uma luz no fundo de um quintal, devia ser chácara. Havia muitas chácaras naquele lado da cidade.

Depois de ter caminhado durante algum tempo sentiu-se tão cansado que resolveu deitar-se ali mesmo e descansar. Pensou até em morrer. Encostou-se a um muro e ficou ali, pensativo, por uma meia hora; depois entrou por um quintal adentro procurando um lugar para se abrigar. O pior de tudo é que estava ameaçando chuva.

Andou através do quintal até chegar à porta de uma estrebaria, havia movimento lá dentro. Parou para escutar, ouviu um barulhinho, depois seus olhos se acostumaram com a escuridão e viu então uma vaca deitada num monte de capim, mastigando.

Aproximou-se pé ante pé e cheirou-a de longe; ela viu Samba, mas não deu a menor importância. Resolveu falar com ela, pois todos os animais se entendem muito bem.

— Mora aqui nesta estrebaria?

— Durmo aqui — respondeu a vaca. — E você?

— Perdi o caminho de casa. Não sei mais voltar; amanhã vou tentar de novo, hoje está muito escuro e não acerto mais. Não sei onde dormir.

— Pode dormir aqui se quiser; há bastante lugar — disse a vaca.

Samba aproximou-se mais e sentou-se num canto observando a vaca. Perguntou:

— Há alguma coisa para comer? Estou com muita fome.

— Há capim — respondeu ela.

Ele suspirou e coçou uma orelha, desanimado:

— Ah! Eu não como capim. Que pena!

Ela não respondeu e continuou a mastigar, ele deu um cochilo, de pé mesmo. Acordou com o ruído de uma carrocinha que ia chegando, depois viu uma luz que se aproximava e ouviu vozes.

— Esconda-se — disse a vaca. — Vem gente aí.

Samba correu para o canto mais escuro da estrebaria e ficou atrás de um monte de espigas de milho. Abaixou-se e ficou quieto, esperando; viu um homem chegar puxando um cavalo pela rédea.

Chegando à porta da estrebaria, o homem tirou o freio do animal, deu-lhe uma palmada nas ancas e empurrou-o para dentro. Saiu fechando a porteirinha. O cavalo entrou com passos cansados, dirigiu-se para o lugar onde costumava dormir e inclinou-se para beber água num balde que o homem havia trazido.

Parecia muito cansado. O homem foi levando a lanterna e a escuridão envolveu novamente a estrebaria. A vaca parou de mastigar para falar com o cavalo:

— Está muito cansado, companheiro?

— Muito — respondeu ele. — Então é brincadeira atravessar quase toda a cidade levando verduras e ovos para vender?

— Mas você descansa quando para nas casas — disse a vaca.

— Mesmo assim — respondeu o cavalo começando a comer capim.

De trás do monte de espigas, Samba ouvia a conversa; quando viu o cavalo beber água, sentiu a sede aumentar, tinha a boca seca. Resolveu sair daquele canto e tomar um pouco d'água do balde. O cavalo olhou-o de lado quando o viu aproximar-se, depois perguntou à vaca:

— Temos novidade hoje? De onde ele vem?

12

SAMBA TEM MAIS DOIS AMIGOS

— Dá licença que eu tome um gole d'água? Estou com uma sede terrível, desde cedo ando perdido pelas ruas — disse Samba.

— Beba à vontade — respondeu o cavalo. — Não faça cerimônia.

Samba mergulhou a cabeça no balde e sua língua vermelha ia e vinha bem depressa recolhendo a água para dentro da boca; depois olhou o cavalo que mastigava capim.

— Quer um pouco?

— Obrigado. É pena não ter um pouco de comida, estou também com fome.

— Por que não aprende a comer capim? — respondeu o cavalo. — Esse é o mal dos carnívoros: você só come carne...

— Está muito enganado — disse Samba. — Como muitas coisas sem ser carne: arroz com caldo de feijão, macarrão, batata, pão... Só não como capim.

— Pois nós só temos capim para oferecer — falou o cavalo com a boca cheia.

Samba deitou-se e resolveu dormir na estrebaria; ao menos dali não o enxotavam. O cavalo parou de comer e começou a cochilar de pé; a vaca parou de ruminar. Todo o bairro estava em completa escuridão e silêncio, não havia luz nas ruas. O cavalo falou baixinho:

— A noite está fria, pode chegar mais perto, assim um aquece o outro.

Samba aproximou-se mais e sentiu o bafo quente da vaca ao seu lado; o cavalo estava do outro lado. Apesar da fome que sentia, tinha sono, um sono pesado de quem está cansado.

Dormiu a noite inteira entre os dois novos amigos: a vaca e o cavalo. Quando o dia começou a clarear, viu o cavalo comendo. Espichou-se todo, bebeu mais um pouco de água; de repente, o cavalo avisou:

— Esconda-se, vem gente aí.

Samba mal teve tempo de pular para fora da estrebaria e esconder-se atrás de umas tábuas; viu um homem aproximar-se com uma corda na mão, amarrou a corda no pescoço da vaca, que não se incomodou, depois puxou-a para fora; lá foi ela mansamente acompanhando o homem. Samba voltou assustado e perguntou ao cavalo:

— Vão matá-la?

— Nada disso — respondeu o novo amigo. — Vão tirar o leite para vender na cidade; fazem isso todas as manhãs.

Samba deu umas voltas ao redor da estrebaria para ver se encontrava alguma coisa para comer, não havia nada senão cascas de laranja.

Viu a vaca voltar e entrar de novo; ouviu vozes de mulheres e homens conversando na porta da casa; depois um dos homens dirigiu-se para o lado dele. Correu e escondeu-se atrás de uma carroça; o homem passou sem olhar para ele, foi para a estrebaria e tirou o cavalo.

Atrelou-o a uma carroça cheia de verduras, disse adeus às pessoas da casa e tocou o cavalo para fora da chácara; lá foi ele rua acima puxando a carroça.

Samba voltou e viu a vaca deitada num canto. Perguntou:

— É sempre assim? Não deixam o pobre cavalo descansar? Chegou ontem tão tarde e já foi embora!

— Sempre assim — respondeu a vaca. — Nossa vida é essa; enquanto eu produzir leite, estarei viva. Um dia me matarão para comer minha carne. O cavalo é mais feliz, morrerá de velho, mas trabalhará até morrer. Creio que o mais feliz dos animais é você...

— Nós? — Samba pensou um pouquinho e continuou: — nós não podemos nos queixar, mas temos também nossos sofrimentos. Há cachorros bem infelizes... Sem dono, sem ninguém que trate, que dê um prato de comida, um banho... Eu não posso me queixar, mas muitos sofrem bastante.

— E quem não sofre neste mundo? — perguntou a vaca abanando a cabeça. — Quem?

* * *

Mais tarde, uma mulher veio buscar a vaca e levou-a para um pastinho que havia no fundo da chácara; antes de sair, a vaca recomendou:

— Se quiser, pode ficar aí até nós voltarmos.

Samba ficou sozinho; resolveu sair à rua para se orientar e também procurar comida. Estaria muito longe da casa? Não tinha a menor ideia, assim mesmo resolveu tentar a sorte.

Tinha muita fome, desde a véspera não comia nada e a fome aumentava a cada momento. Chegando à rua, passou pelas portas de várias casas olhando sempre o chão para ver se encontrava qualquer coisa. Na esquina estava um grupo de meninos descalços; olharam para ele e um disse:

— Olhem que cachorro bonitinho.

Outro disse:

— E é da raça Fox, legítimo.

Samba resolveu correr para livrar-se dos meninos; estava num bairro pobre onde nunca tinha estado antes, as ruas estavam cheias de crianças. Havia cachorros também, mas Samba não quis fazer conhecimento com nenhum deles; estava tão desesperado que só pensava em achar o caminho de casa.

Havia ruas transversais sem calçamento algum e ele enveredou por elas. Depois de muito procurar encontrou um osso, mas tão roído que não valia mais nada, estava seco e sujo, decerto tinha sido roído por todos os cachorros da rua.

Mais adiante encontrou uns bagaços de laranja; comeu com repugnância, mas a fome era demais. Viu um velho sentado à porta de uma casa fumando um cachimbo; simpatizou com ele. Parecia um bom homem, aquele velho. Ficou a certa distância olhando para ele, que cachimbava calmamente: fumava e cuspia, jogava o cuspe longe.

Quando viu Samba, chamou-o fazendo sinal com os dedos e dizendo:

— Venha aqui, venha.

Samba ficou desconfiado, sem coragem de chegar mais perto; como viu que o velho estava só, foi se chegando mais, com esperança de que o homem lhe desse alguma coisa para comer. Assim ficou algum tempo: o velho cachimbava olhando para o outro lado da rua, quando via Samba ali parado no mesmo lugar, lembrava de chamá-lo.

— Venha, cachorrinho.

E cuspia. Samba imaginou que o velho era bom e poderia dar-lhe um pedaço de pão; aproximou-se cada vez mais. Quando estava bem perto, cheirando o homem com atenção para ter certeza se ele gostava mesmo de cachorros, uma mulher veio lá dos fundos da casa com uma criança no colo. Apenas disse quando o viu:

— Sai, cachorro! Passa!

E abanou o avental na direção do Samba; ele saiu correndo muito assustado e foi parar no outro lado da rua.

Viu então uma menina de uns seis anos comendo um pedaço de pão, sentiu água na boca. Falando a verdade, em casa ele não gostava muito de pão, só quando Dermina torrava e ele comia: roc, roc, roc, com muito gosto. Só pão torrado. Mas agora, ali, ansiava por um pedaço de qualquer pão. Tinha fome.

Ficou olhando a menina com atenção, como havia feito com o velho de cachimbo. Será que a menina gostava de cachorros? Ele conhecia quem gostava dele ou não, só pelo cheiro. Dona Maria dizia que ele tinha um sexto sentido que o ensinava a conhecer as pessoas de longe.

Todo mundo tem cinco sentidos: a vista, a audição, o olfato, o paladar e o tato. Dona Maria dizia que os ca-

chorros têm seis sentidos: o sexto não se sabe onde está, mas ensina-os a saber quem gosta deles ou não gosta. Samba era assim, conhecia de longe quem era bom para os cachorros e quem não se importava com eles.

Ficou vigiando a menina para ver se sobrava um pedacinho de pão para ele, nem que fosse um pedacinho só. Foi chegando, chegando, até que a menina ficou com medo e gritou com toda a força:

— Sai! Sai!

Ele saiu correndo e no mesmo instante apareceu um homem e atirou-lhe uma pedra que felizmente não acertou; decerto era o pai da menina. Samba pensou: "Não gostam de cachorros. Se não fosse a fome, nem chegaria perto dela".

Foi andando para diante, muito desconsolado. Haveria de encontrar o caminho da casa, nem que fosse para andar noite e dia sem parar, sem comer e sem beber.

13

QUE FAZER?

Passou o dia todo andando pelo bairro sem encontrar uma rua conhecida que o levasse para o caminho certo; depois de muito andar — já era quase noite — foi dar outra vez na mesma estrebaria, onde estivera na noite anterior. De longe, viu a vaca olhando-o, como que dizendo: "Se não tem onde ir, venha para cá. Nós tratamos bem você".

Passou pelo vão da cerca e aproximou-se, perguntando:

— O cavalo ainda não chegou?

— Não — disse a vaca. — Aquele coitado trabalha o dia inteiro.

Samba respondeu:

— Nunca vi vender verdura à noite.

— O dono não vende verdura à noite, vende durante o dia. Depois, em vez de vir para casa bem direitinho, não: para nos botequins, vai comprar ovos nos sítios para vender na cidade, dá uma prosa e joga um pouquinho com os amigos, o pobre cavalo fica cochilando na carroça.

— Como é que você sabe tudo isso? — perguntou Samba.

— O cavalo me conta tudo — respondeu a vaca.

— Coitado!

Samba ficou por ali, cansado e faminto. Bebeu um pouco de água do balde e deitou-se; já era noite. O que adiantava sair pelas ruas àquela hora? Se ele não havia encontrado o caminho durante o dia, mais difícil seria agora à noite.

Viu quando o cavalo entrou queixando-se de cansaço. Deitaram-se os três um ao lado do outro e dormiram a noite inteira sobre a palha da estrebaria.

No dia seguinte, cedo, quando foram buscar a vaca para tirar o leite, o dono viu Samba e disse para o filho, um menino de dez anos:

— Ângelo, pegue aquele cachorrinho pra nós.

Samba desconfiou que era com ele porque estavam olhando muito, pulou para fora e saiu correndo. O dono disse:

— Ele deve estar com fome, vá buscar um pedaço de pão.

Ângelo correu para casa, cortou um pedaço de pão, esfregou-o num prato onde havia torresmos e saiu correndo para o quintal. De longe, Samba percebeu o cheiro dos torresmos e sentiu a fome aumentar, era uma fome que fazia doer o estômago.

Ângelo mostrou-lhe o pão:

— Toma, cachorrinho.

Ele parou e aspirou o ar, o cheiro era tentador. Devia aceitar ou não? O que fazer? E se o prendessem? Ficou esperando o menino jogar o pão no chão, aí ele o tomaria e sairia correndo, antes que o prendessem.

O menino mostrava o pão e chamava:

— Isto é para você, cachorrinho. Toma!

Samba ficou firme, sentado nas patas traseiras, olhando de longe, sem coragem de se aproximar. Afinal o menino atirou o pão na direção dele; ele avançou para alcançá-lo, louco de fome, mas no mesmo instante sentiu um saco de estopa envolvê-lo todo. Percebeu que era o homem que tinha vindo por trás e jogado o saco.

Debateu-se para fugir, mas não conseguiu. Tiraram-no do saco, amarraram-lhe uma cordinha no pescoço e levaram-no para a cozinha da casa. Lá prenderam a corda no pé da mesa, uma mesa baixa e pesada. A vaca viu tudo de longe e ficou indignada por prenderem o pobre Samba. O coitadinho procurou fugir, mas a corda apertou-lhe o pescoço; chorou então de desespero e aflição. Estava preso.

14

PRISIONEIRO

Samba esqueceu a fome, esqueceu tudo, esforçou-se para fugir, mas não era possível; todas as vezes que tentava escapar, a corda feria-lhe o pescoço.

Passou o dia ali preso, conheceu toda a família da chácara: além dos donos, havia um rapaz e uma moça, e várias crianças.

Olharam para ele e passaram as mãos sobre sua cabeça, Samba sentiu mãos grossas e calosas, diferentes das mãos de dona Maria e do doutor. Mais tarde, todos saíram para trabalhar na cidade; a mulher e os filhos menores ficaram para trabalhar na horta. Vendiam leite da vaca e verduras na cidade.

Assim passou-se o primeiro dia. Samba ficou sozinho com Emília, uma criancinha de dois anos. Era uma menina que chorava muito e por qualquer coisa; ficou sentada no chão ao lado de Samba e, de vez em quando, puxava-lhe as orelhas; se Samba rosnava, ela dava-lhe tapas na cabeça.

Ele era bem-educado, foi criado de uma maneira severa e sabia que não devia morder crianças. Revoltou-se com o que Emília fez, mas não mordeu, apenas rosnava para assustar a criança.

À tarde, Ângelo tirou Samba dos pés da mesa da cozinha e levou-o para fora a fim de dar um passeio, mas sempre com a corda no pescoço.

Samba sentiu desespero no coração e uma saudade imensa dos donos, de Dermina, de Pedro, de Vera. Mas tinha uma secreta esperança; fingia-se humilde com a gente da chácara para não despertar suspeitas, mas estava certo de que fugiria. Havia de fugir um dia, de qualquer maneira.

Certa vez, ao passar perto da estrebaria, pela mão de Ângelo, contou tudo à vaca e esta consolou-o como pôde. O cavalo também deu-lhe conselhos e disse-lhe que tivesse paciência, um dia as coisas haviam de melhorar.

* * *

Assim passou-se mais uma semana. Às vezes, vinha um cachorro da chácara vizinha conversar com Samba, era um vira-lata pulguento e triste. Queixava-se dos donos e contava a Samba que passava o ano todo comendo angu com feijão, apenas no Natal davam-lhe ossos de cabrito. Nunca lhe haviam dado um banho, por isso vivia assim cheio de pulgas. Chamava-se Veludo; de quando em quando tomava banho sozinho debaixo da chuva.

Convidou Samba para dar um passeio pelas redondezas, mas ele disse que não podia sair dali, era um prisioneiro. Samba então contou o vidão que tinha em casa dos seus verdadeiros donos, como passava bem e comia coisas gostosas; Veludo sacudiu a cabeça dizendo que não acreditava muito.

Então havia cachorros felizes assim?

Samba contou mais coisas: disse que na casa dele havia um colo macio e quente chamado "colo da Vovó", onde ele dormia sonos deliciosos; Veludo duvidou; enquanto mordia uma pulga na barriga, respondeu:

— Olhe, companheiro, você está contando muita vantagem. Então punham você no colo?

— E não era só isso — continuou Samba. — Todos os dias eu dormia um bom sono na cama da patroa, em cima de um acolchoado de seda, formidável. Comia carne até enjoar, osso com tutano, macarrão, pão torrado, frutas. Não tomava leite porque não gosto de leite...

— Será possível tudo isso? — perguntou Veludo. — Eu nunca provei uma gota de leite depois que fui desmamado, carne nunca, ossos só no Natal, pão torrado não conheço, acolchoado não sei o que é... Frutas? Só as cascas de bananas que encontro pelo chão. E você deixou tudo isso para vir para cá?

— Eu não deixei — explicou Samba. — Um dia vi o portão aberto, sai um pouco para ver a rua, encontrei um amigo chamado Cricri e fui andando com ele. Quando percebi, estava muito longe de casa e não pude mais voltar. Agora me prenderam nesta casa. Quase morri de desespero nos primeiros dias, agora vou indo assim... assim...

Veludo começou a morder miudinho procurando pulgas no rabo, pegou umas duas, matou e olhou para Samba:

— Se eu fosse você, camarada, tratava de fugir, voltar para casa dos seus donos e nunca mais pensar em sair, nem chegar perto do tal portão.

— É isso mesmo que pretendo fazer — respondeu Samba. — O dia em que eu puder, fugirei.

— Estou aqui para ajudar — disse Veludo. — O que depender de mim, pode estar certo que faço para auxiliar você. Devemos proteger todos os companheiros que estão em apuros.

— Muito obrigado — respondeu Samba.

Nesse instante ouviram uma voz chamando:

— Veludo! Onde está, Veludo! Venha tocar as galinhas do canteiro de alface. Anda!

— Estão me chamando — disse ele. — Meu serviço é vigiar os canteiros de alface e tocar as galinhas. Até logo.

Foi andando depressa; parou umas duas vezes para se coçar antes de sumir no quintal vizinho.

Ao fim de oito dias, uma das crianças soltou Samba e ficou vigiando de longe para ver se ele fugia. Ele fingiu que não queria ir embora e foi conversar com a vaca no estábulo. Ela perguntou:

— Então? Está mais acostumado?

— Qual o quê! — disse ele. — Não vejo a hora de ir embora daqui. Isto não é vida! Na minha casa tinha colchão para dormir, colchão e travesseiro, tinha vários colos para cochilar durante o dia... Era tanto colo que era só escolher... Comia carne, tomava banho seco contra pulgas, passeava duas vezes por dia... E aqui? Tenho feijão com arroz para comer. Imagine que lá em casa nunca comi feijão, detestava feijão.

— E agora? — perguntou a vaca.

— Agora como para não morrer de fome. Depois, não tenho passeios nem colos. Durmo no chão duro, e aquela menina Emília me atormenta e me deixa quase louco. Isso é vida?

A vaca mastigava sem parar. Perguntou:

— E seu vizinho Veludo? Console-se com ele.

— Ah! — disse Samba. — Aquele é bem infeliz, não conhece a felicidade.

Depois de uns momentos Samba perguntou:

— Acha que eu posso fugir algum dia?

— Pode — disse a vaca. — Eu e o cavalo ajudaremos no que for preciso.

No mesmo instante vieram prender Samba de novo; amarraram-lhe uma cordinha no pescoço e levaram-no para o pé da mesa da cozinha.

15

A MUDANÇA

No dia seguinte começou um grande rebuliço na chácara: amarraram colchões, encaixotaram pratos e panelas, enfiaram roupas em cestas. Samba olhava tudo sem compreender. O que estaria acontecendo? Viu o cavalo amarrado na carroça olhando tristemente o chão. Quando desamarraram a cordinha do pé da mesa, Samba foi conversar com o cavalo.

— Você pode me ajudar a fugir? A vaca e Veludo já me prometeram.

— O que eu puder fazer, faço — respondeu o cavalo.

— E sabe por que esse movimento na casa?

— Vamos nos mudar. Creio que vamos morar numa chácara muito longe.

— Pobre de mim! — gemeu Samba. — Como poderei fugir?

— Eu ajudo — respondeu o cavalo. — Não desanime.

Na mesma tarde fizeram a mudança. Apressadamente Samba despediu-se do seu companheiro e vizinho Veludo; a carroça foi levando os móveis e colchões, ia tão cheia e tão pesada que o pobre cavalo mal conseguia puxar. A vaca ia amarrada atrás da carroça e Samba ia em cima de tudo, sobre uns colchões, ao lado da menina Emília. De longe viu Veludo sentado na porta da casa vizinha, as orelhas caídas quase até o chão, uma cara muito desanimada. De vez em quando, coçava-se.

A carroça foi indo e Samba olhou as ruas que atravessavam, queria guardar na memória o caminho da volta; eram ruas feias, quase sem calçamento e, como chovera, na véspera, havia grandes poças de água por onde passavam.

O cavalo tropeçava e quase caía com o peso que arrastava; a vaca ia acompanhando a carroça e abanando a cauda, dizia ela ao companheiro:

— Desculpe, mas não posso ajudar você, estou amarrada aqui atrás.

O cavalo suava e não respondia, puxava com força a carroça; Samba, lá em cima, encarapitado sobre os colchões, ao lado da Emília, olhava para todos os lados a fim de ver se conhecia o bairro. Tudo era desconhecido para ele ali naquele lado da cidade.

Já estava escurecendo quando chegaram à nova residência, era também uma chácara, porém maior que a outra. Instalaram-se rapidamente; todos auxiliavam, até as crianças.

Nessa noite, com a afobação da chegada, esqueceram de dar comida ao cachorrinho Samba, apenas um dos meninos deu-lhe migalhas de pão. Choveu a noite toda. No dia seguinte, cedo, soltaram Samba, pois essa chácara era tão distante da casa dele que acharam que ele podia ficar solto. Por mais que procurasse, não saberia o caminho de volta.

Ele correu para a nova estrebaria, onde estavam instalados seus amigos, o cavalo e a vaca. Os dois queixaram-se, estavam aborrecidos porque a estrebaria era velha e chovia dentro, o capim estava molhado e eles também haviam tomado chuva. Samba consolou-os, dizendo:

— Eu também estou muito triste, ontem nem jantei. Esqueceram de me dar alguma coisa para comer e dormi com o estômago vazio. E vocês sabem onde estamos? Este bairro fica muito longe de onde eu morava?

A vaca sacudiu a cabeça dizendo que nada sabia, porque nunca andava pelas ruas; o cavalo disse que ia procurar saber desse dia em diante, pois ainda nem percebia onde estavam.

16

SAMBA TEM NOVO NOME

Os novos donos de Samba puseram-lhe o nome de Feitiço. Samba não gostou; todas as vezes que chamavam: "Feitiço!", ele fingia não ouvir.

A vida não mudou muito na nova chácara: o dono saía de madrugada com a carroça puxada pelo velho cavalo, ia vender verduras nas feiras. Sempre levava um dos filhos para auxiliá-lo.

A mulher ficava lidando na casa enquanto os outros filhos iam trabalhar na cidade. Ângelo vendia jornais no bairro; todas as noites, depois de percorrer as ruas gritando: "*A Folha! O Diário! A Gazeta!*", vinha com os bolsos cheios de moedas e dava à mãe, ela então contava as moedinhas e guardava-as numa caixa de madeira ao lado da cama.

Ângelo jantava o prato de comida que a mãe guardava em cima do fogão, depois chamava Samba para brincar.

Dizia:

— Venha, Feitiço! Venha jogar bola!

Tinha uma bola de pano feita com meias velhas das irmãs, Ângelo atirava-a para o ar e Samba pegava; isso entusiasmava as outras crianças da casa e as crianças vizinhas. Todas vinham ver o Feitiço jogar com Ângelo.

Mas Samba vivia triste, às vezes, ficava olhando a bola de pano sem vontade de brincar, a bola vinha caindo e ele nem se importava com ela. Por mais que Ângelo gritasse, ele não atendia. De vez em quando aparava a bola no ar, então a criançada batia palmas de entusiasmo.

De todos da casa, ele gostava mais de Ângelo, o menino que vendia jornais; tinha pena quando ele voltava tarde para casa, às vezes todo molhado da chuva. Jantava sentado na beira do fogão e dava as migalhas do prato para o cachorrinho que fazia companhia ali ao lado.

Depois Ângelo ia se deitar e assobiava para Samba, que vinha sem fazer barulho e deitava-se aos pés da cama do menino.

Uma noite, na nova casa, a mulher do chacareiro e as crianças estavam dormindo enquanto o homem e os filhos mais velhos haviam ficado na cidade. Nessa noite, a mulher tinha se zangado com Ângelo por deixar o cachorrinho dormir na cama dele, por isso Samba ficou preso dentro da cozinha, mais triste ainda.

Dormiu sonhando com o doutor e dona Maria, seus queridos donos. Era uma noite muito fria de inverno, felizmente Samba não sentia frio porque a cozinha era quente e, como não havia um pano onde deitar, dormia encostado no fogão para sentir o calor.

Devia ser bem tarde quando ele ouviu um barulhinho, como de alguém andando no quintal; a princípio, escutou silenciosamente para verificar quem era, depois, percebendo que era gente estranha, resolveu rosnar como quem diz: "Estou aqui e não estou dormindo".

Tudo ficou silencioso outra vez; de repente ouviu o ruído de passos novamente, desta vez perto do tanque de lavar roupa. Ele ficou com o pelo todo em pé, não de medo, mas zangado; percebeu que era gente que andava pelo quintal, gente que não tinha nada com a chácara; devia ser algum ladrão.

Em vez de continuar a rosnar, ficou quieto e esperou. Percebeu que o ladrão estava encostado na porta da cozinha, com certeza escutando para ver se havia alguém acordado. Samba nem parecia respirar. De repente, o ladrão começou a experimentar uma chave na fechadura, depois outra, outra chave, até acertar.

Ele encolheu-se todo num canto do fogão, esperando. Esse ladrão era bem ousado. Como se atrevia a entrar assim numa casa? E, ainda mais, numa pobre casa de simples chacareiros?

Uma chave havia acertado na fechadura, a porta estava se abrindo. Samba sentiu necessidade de agir, não podia ficar sem fazer nada. Sabia que os que moravam na casa não eram seus donos, mas sabia também que precisava cumprir seu dever defendendo a casa onde morava.

Lembrou-se de Ângelo, o pobre menino que vendia jornais gritando pelas ruas: "*A Gazeta! O Diário! A Folha!*" e estava dormindo no quarto vizinho; lembrou-se dos outros da casa que eram bons para ele e o tratavam bem. Era preciso defender aquela gente.

Quando viu o vulto do homem no vão da porta, deu um salto. Sem latir, sem rosnar, sem dar o menor sinal, atirou-se valentemente contra o ladrão.

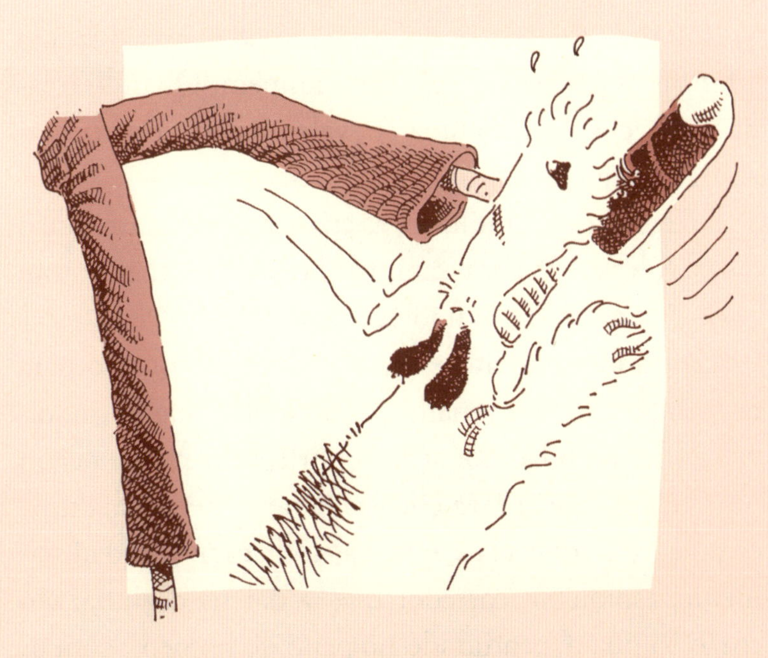

17

SAMBA SABE LUTAR

Quando o homem viu aquele cachorrinho atirar-se contra ele, pensou: "Não tenho medo de um cachorro desse tamanho".

E começou a dar pontapés, mas nenhum acertou no Samba, que pulava de um lado para outro, sempre desviando. Depois deu um pulo certeiro e mordeu a perna do ladrão; mordeu e não largou.

O homem sacudiu a perna com força e conseguiu atirá-lo para um lado, ele foi bater num canto do fogão.

Voltou mais furioso ainda, atirou-se ao peito do ladrão e ferrou os dentes no paletó do homem. Quando o ladrão percebeu que Samba era valente e não era um cachorro qualquer, gritou.

Foi então que a mulher e as crianças acordaram assustadas. As crianças começaram a chorar. A mulher gritou:

— Acudam! Há ladrão em casa!

Ela gritou bem alto e abriu a janela do quarto para os vizinhos ouvirem melhor. Como era corajosa, resolveu enfrentar o ladrão: abriu a porta do quarto e pegou uma enxada que estava encostada no corredor, era uma enxada com que ela capinava a chácara. Cuidadosamente, espiou no corredor que ia dar na cozinha; viu então Samba dependurado no peito do homem, com os dentes enterrados quase na garganta do ladrão, tomava socos terríveis das mãos do ladrão, mas não largava.

O homem estava quase louco de raiva; tinha tirado uma faca enorme da cintura e com ela procurava ferir o cachorrinho Samba. Os olhos do ladrão estavam saltados e vermelhos de raiva. Samba mordia sem querer largar.

Com os gritos da mulher e o choro das crianças, os vizinhos já vinham chegando para acudir a família do chacareiro; um trazia uma foice, outro uma espingarda velha e outro ainda vinha com a tranca da porta.

Quando chegaram à casa do chacareiro, Samba tinha acabado de largar o ladrão, pois o homem havia conseguido feri-lo com a faca. A mulher, com a enxada levantada, gritava:

— Bravo, Feitiço! Muito bem, Feitiço!

O ladrão não podia fugir porque a mulher ameaçava-o com a enxada, enquanto Samba, mesmo ferido, rosnava querendo avançar outra vez contra ele. O peito do ladrão estava sangrando por causa das mordidas de Samba.

Nesse momento os vizinhos entraram e prenderam o homem; um deles saiu correndo e foi telefonar à radiopatrulha. Enquanto isso, todos rodeavam o ladrão para que ele não fugisse, e a mulher do chacareiro chamava Samba de herói. Dizia:

— Se não fosse este cachorrinho, esse homem roubava tudo o que temos e ainda era capaz de nos matar.

Ângelo e as outras crianças abraçavam Samba:

— Como Feitiço é valente! Viva Feitiço!

— Ângelo disse depois:

— Mamãe, esse ladrão veio roubar o dinheiro do jornal que eu trago todos os dias para casa.

— E podia até nos matar — disse a mãe. — Com esse facão tão grande que ele trazia na cintura, podia matar todos.

A radiopatrulha chegou logo depois e levou preso o ladrão; os vizinhos ficaram ainda comentando o fato, foram então ver os ferimentos do Samba: havia duas facadas bem fundas, uma na perna, outra perto do pescoço.

A mulher fez salmoura e passou nos ferimentos, ele ficou quietinho, deitado e deixou que o tratassem.

Quando o chacareiro chegou da cidade com os filhos mais velhos, soube da novidade; foram agradar Samba e ficaram muito tempo olhando o cachorrinho que havia salvo a chácara e seus habitantes de um perigoso ladrão. Esse era um valente, um herói.

No dia seguinte continuaram a passar salmoura e os ferimentos já estavam bem melhor; uma das crianças foi a um açougue, comprou um pedaço de carne bem grande e nesse dia o almoço de Samba foi um bom bife, o que ele não comia há muito tempo.

18

SAMBA DESPEDE-SE

Passaram-se mais dois dias; no terceiro, Samba sentiu--se bem melhor e como ele já vivia solto na chácara, preparou a fuga. Aquela gente era boa, mas não era a gente dele; a dele o estava esperando e ele precisava voltar.

Antes de sair foi despedir-se da vaca e do cavalo; contou que ia embora, ia procurar a casa dos donos, pois não suportava mais as saudades e havia de fazer tudo para voltar.

O cavalo aconselhou: — Vá sempre nesta direção — e fez um sinal com a cabeça. — Eu sei que a cidade fica deste lado, por isso caminhe sempre para lá. Não vá por outro caminho que você erra.

— Muito obrigado — disse Samba.

— E eu — falou a vaca — se pudesse ajudava você de todo o coração, mas que poderei fazer? Vivo dentro desta estrebaria, ou então comendo meu capim no pasto. Nunca vou passear, por isso nada sei.

— Obrigado do mesmo modo — respondeu Samba. — Agora, amigos, vou tentar a sorte. Adeus!

— Adeus! Adeus! Seja feliz! — responderam.

Samba deixou a estrebaria e enveredou para a rua, mancando um pouco porque a perna estava dolorida. Quando começou a dirigir-se para a esquina mais próxima, ouviu a gritaria da Emília, a menina chorona. Ela chamou Ângelo e Ângelo chamou os outros irmãos. Começaram a gritar:

— Pega! Pega! Feitiço está fugindo! Já está virando a esquina!

A vaca e o cavalo perceberam tudo. Disse a vaca:

— Vamos fazer qualquer coisa para que nosso amiguinho possa fugir.

— Vamos — respondeu o cavalo. E começou a dar pulos na estrebaria como se tivesse visto o próprio demônio com chifres e rabo. A vaca começou a mugir, parecia desesperada. Cada um fazia mais barulho que o outro.

As crianças, que iam correndo para cercar Samba na rua, voltaram também correndo para ver o que tinha acontecido na estrebaria, pois os animais pareciam ter enlouquecido. A mulher gritou:

— A vaca está morrendo. Acudam! Aconteceu alguma coisa, nunca vi ela mugir assim. E o que terá o cavalo? Está dando pulos, vão ver o que há. Corram!

A criançada voltou sem saber a quem acudir primeiro; Ângelo foi o primeiro a olhar o cavalo e a dizer:

— Mas ele não tem nada, está pulando à toa.

— E a vaca? — perguntou a mulher que ia chegando.

A vaca mugia como se estivesse morrendo: ahm! ahm! ahm!

Examinaram a vaca, olharam o cavalo; um pensou que uma cobra estivesse por ali, outro disse que talvez fosse aranha, das grandes. Outro lembrou que decerto era vespa, tinha visto uma vespeira ali perto numa laranjeira. Procuraram por todos os cantos e recantos, tudo estava em ordem na estrebaria.

Enquanto isso Samba corria pelas ruas, cada vez se distanciando mais. As crianças lembraram de repente:

— E Feitiço? Onde está ele? Vamos procurar. Depressa!

Saíram correndo e procuraram em todas as ruas próximas, mas não viram nem sinal de Samba. A vaca e o cavalo estavam bem contentes, haviam auxiliado o amigo, ao menos uma vez. A vaca disse:

— Foi sorte hoje ser domingo, assim você me ajudou.

— Ninguém desconfiou que o barulho era proposital.

— Felizmente — respondeu a vaca mastigando.

As crianças voltaram desconsoladas para a chácara, não haviam visto Feitiço em parte alguma. A mãe disse:

— Ele volta, ele já estava acostumado aqui. Quando tiver fome, volta.

Mas Samba nunca mais voltou.

19

NOVAMENTE PRESO

Começou a vagar pelas ruas procurando o caminho da cidade; dobrou esquinas, subiu e desceu quarteirões inteiros sem descobrir o mais leve sinal da sua casa. Encontrou vários cachorros, um deles avisou-o:

— A cidade é por aqui, fica deste lado. Mas cuidado com os automóveis, é muito perigoso.

Samba continuou a andar no seu passinho ligeiro, encontrou outros cachorros, mas não parou, não tinha tempo para conversas. Só pensava de vez em quando: "Se ao menos eu encontrasse Cricri! Aquele sim, é um cachorro sabido, num instante me mostrava o caminho certo".

Quando foi atravessar uma rua movimentada, percebeu que vinha um automóvel na sua direção, desviou para um lado e viu outro numa disparada louca. Deu um pulo e quase foi atropelado; sentiu o vento passar-lhe no pelo e ouviu um grito de moça:

— Coitadinho!

Mas não aconteceu nada, ele havia desviado em tempo e a moça pensou que ele tinha sido atropelado.

Continuou a trotar. Estava numa avenida larga, com bonitas casas de lado a lado; quase em todas as casas havia um cachorro, mas dentro dos jardins, com ar muito importante. Vendo Samba passar, gritavam através das grades do jardim:

— Oh! Vira-lata! Onde vai tão depressa?

Samba não respondia, continuava o caminho sem olhar para trás; de repente, sentiu-se cansado, cansadíssimo.

Parou numa esquina para descansar um pouco e não reparou nos homens que foram se aproximando dele disfarçadamente. Tinha fome também e estava começando a sentir sede, pois a última água que havia bebido tinha sido água suja de sarjeta e fazia muito tempo.

Ficou indeciso sem saber para onde ir, quando sentiu um laço rodear-lhe o pescoço. Quis fugir, mas o laço apertou-o mais. Viu dois homens rindo-se dele, um disse:

— Este está preso.

Sentiu o coração apertado; qual seria agora seu destino? Estava nas mãos daqueles homens que deviam ser maus, pois riam da sua infelicidade. Que iriam fazer? Umas meninas, que iam passando por ali e vinham de uma escola, pararam para ver os homens empurrarem Samba para dentro da carrocinha dos cachorros. Uma delas falou:

— Coitado! Tão bonitinho!

20

HORAS AMARGAS

Samba viu-se rodeado por três cachorros que já estavam dentro da carrocinha, olhou-os. Havia tanta tristeza no seu olhar que todos ficaram em silêncio. A carrocinha começou a rodar e os homens com os laços na mão foram à procura de outros cachorros.

Um luluzinho branco, todo encardido, que estava dentro da carrocinha, falou:

— Afinal para onde vamos? Se eu pudesse adivinhar!

Um preto, de orelhas caídas, respondeu:

— Coisa boa não há de ser! Não viu as caras dos homens? No coração desses homens não há piedade por nós.

Um cachorro marrom, grande e peludo, respondeu tristemente:

— Não sei, camaradas, mas penso que vamos morrer. Já reparei que toda a gente quando nos vê passar, fica com cara de dó. Isso é mau sinal.

O luluzinho começou a chorar:

— Ih! ih! ih! Sou muito moço para morrer, quero voltar para casa…

O preto de orelhas caídas aconselhou:

— Não adianta chorar, nosso destino está traçado. Não espero mais nada de bom, só tenho saudades de casa, muitas saudades. Como me arrependo de ter fugido!

Samba falou aos companheiros:

— Mas por que vão nos fazer mal? Nós nada fizemos contra eles. Por que querem nos matar?

O marrom respondeu:

— Ah! Isso não sei. Nunca devemos esperar nada de bom dos homens, a não ser dos nossos próprios donos. Só eles são bons. Já vivi muito e conheço a vida. Ah! Se conheço!

Falou isso e abriu a boca num enorme bocejo. O luluzinho soluçava com o focinho para cima:

— Quero minha dona! Estou com saudades dela! Era boa e me punha no colo... Ela me levava a passear com fita no pescoço... Eu tinha um prato de leite todas as noites ao deitar... Por que me prenderam? Por quê? Só porque eu saí um pouquinho de casa para cheirar a grama? Só por isso?

— Não chore tão alto — aconselhou o marrom. — Os homens da carrocinha ficarão zangados com você, vamos ficar quietos.

O preto de orelhas caídas deitou-se no fundo da carrocinha e começou a contar:

— Eu também tinha tudo... Osso todas as tardes ao jantar, leite quando queria, pão com manteiga... Meu dono dizia: "Ele só come pão com manteiga, querem ver?". E me dava pão sem manteiga; eu não comia, torcia o focinho assim... Todos riam, então meu dono punha manteiga no pão e eu comia com gosto... Era uma vida formidável a minha, não posso me queixar.

— Por que fugiu? — perguntou Samba.

— Nem sei bem — respondeu. — Um dia vi o portão aberto e saí para conhecer o mundo. Não encontrei mais a casa e aqui estou preso. Fui muito infeliz, logo que me viram, me prenderam...

— O mesmo me aconteceu — falou Samba. — E agora? Que será de nós?

— Vamos rodando, rodando, sem parar — disse o marrom com tristeza nos olhos.

* * *

A carrocinha virou uma rua e parou: os homens foram caçar um cachorrinho que estava distraído ao lado de uma lata de lixo. Enquanto olhavam, o cachorro marrom sentou-se e contou sua própria história:

— Vocês todos foram cachorros de estimação, de gente rica, comeram pão com manteiga, beberam leite, conheceram o luxo de dormir em cadeiras com almofadas. Eu não. Meus donos eram pobres; moravam numa casinha lá no fim da cidade, num bairro miserável que cheirava a sabão, alho e cebola. Havia uma fábrica de sabão lá perto. Nunca tive nada de bom; minha comida foi feijão com angu durante muitos anos. Carne? Talvez, uma vez por ano tinha um pouco de carne e osso para roer. Meu dono era pedreiro, era bom para mim, mas um dia ele morreu. Que dia tão triste: quando percebi que ele nunca mais voltaria para casa, quase morri também. A mulher tinha muitos filhos e não queria ter trabalho comigo, então me deixou com uma vizinha quando mudou de casa. Esses vizinhos não eram bons, mal me suportavam. Então resolvi fugir e cair no mundo... Para viver de caridade sem ser querido, antes não ter casa, nem dono. Assim vaguei muitos dias sem destino, tomando chuva, não tendo onde dormir, nem o que comer. Agora estou aqui e sei que estou condenado. Paciência!

O luluzinho, que havia parado de chorar para escutar, disse para os outros:

— Olhem lá, estão pegando outro companheiro...

Olharam; os homens foram chegando, chegando e paf!, jogaram o laço no cachorro distraído. Ele levou um susto e quis fugir, era tarde demais; o laço rodeava-lhe o pescoço.

Os cachorros da carrocinha ficaram com dó dele; o luluzinho recomeçou a chorar. Empurraram o novo visitante para dentro da carroça; era um cachorro cinzento, grande, com manchas brancas. Quando viu os outros, falou:

— Bom dia! Onde estamos?

— Não sabemos muito bem — respondeu o preto de orelhas caídas. — Só sabemos que estamos prisioneiros e vão nos levando não sabemos para onde. Talvez para a morte, porque os homens são maus, têm caras ruins.

O cinzento deu um uivo triste e começou a se lamentar:

— Como a vida é triste! Saí de casa para dar umas voltas, como faço sempre, e esses homens me pegaram. Que hei de fazer? Será que meu dono não vai me procurar? Meu dono e eu somos caçadores; de vez em quando entramos num automóvel e tocamos para os campos. Ele só diz: "Vamos, Pirata, hoje é dia". Eu já sei o que é: caçamos perdizes, codornas... E agora me caçaram. Que tristeza!

O luluzinho, que havia parado de chorar para escutar a história do cinzento, começou a se lamentar outra vez:

— Quero meu pratinho com leite morno! Quero o colo da minha dona! Tenho saudades de casa, não quero morrer! Não quero, sou muito moço ainda!

O marrom disse:

— Cale a boca, deixe de gritar assim. Seja forte e tenha coragem. Que coisa feia! Não gosto de cachorros chorões!

O luluzinho voltou-se para ele, todo zangado:

— Trate da sua vida e me deixe. Não quero ser forte, não quero ter coragem, quero ser cachorro chorão.

— Então você é um trouxa — disse o marrom.

— Quero ser trouxa e não me amole.

O marrom arreganhou os dentes para o luluzinho. Samba aconselhou:

— É melhor não brigar; nossa situação não é nada boa e vocês querendo brigar aqui dentro! Vamos ficar quietos.

— Muito bem — disse o preto de orelhas caídas. — Esse cachorrinho todo pintado de preto e marrom é bem ajuizado. Vamos ficar quietos.

Enquanto isso, a carrocinha rodava, rodava, subindo ruas, descendo avenidas, virando esquinas, levando os pobres cães para muito longe.

21

QUE SERÁ DE NÓS?

A carrocinha parou de repente. Os cachorros foram levados para dentro de uma casa feia, uma casa sem vida, com aparência muito triste.

Foram atirados a um pátio, onde havia outros cachorros, todos tristíssimos, alguns até choravam. Quando viram os novos chegarem, rodearam-nos para saber se eles traziam alguma novidade.

— Nada sabemos — falou o preto. — Só sabemos que fomos caçados e trazidos para cá, não sabemos para quê.

— Então vocês estão muito atrasados — disse um vira-lata branco, muito magro e pelado que estava num canto do pátio, sentado nas patas traseiras. — Nós todos sabemos que quem vem para cá está perdido. Só quem tem dono talvez ainda se salve porque o dono vem buscar; estamos condenados à morte.

As pernas do luluzinho começaram a tremer; ele não disse nada, foi soluçando para um canto, e deitou-se, os olhos cheios de lágrimas. Samba sentiu o coração palpitar. Então nunca mais veria o doutor e dona Maria? E os outros da casa? Não era possível, haveria de acontecer alguma coisa, não podia perder assim as esperanças. Sentou-se, as pernas bambas, sem saber o que fazer.

Os outros ficaram por ali, espalhados, todos tristonhos, adivinhando o que ia acontecer. De repente, apareceram uns homens no pátio e começaram a escolher cachorros para levar: levaram o vira-lata pelado e magro e mais dois que estavam deitados, muito desconsolados.

Estes dois acompanharam os homens sem chorar; o vira-lata começou a uivar. Samba encolheu-se com medo de ser escolhido também; os homens foram embora. O luluzinho enfiou a cabeça entre as patas para não ver. Samba aproximou-se dele para consolá-lo:

— Tenha esperança. Não sei, mas o coração me diz que meus donos vêm me buscar. Sua dona também vem, tenho certeza.

— Não sei — falou o luluzinho. — Minha dona é velhinha, não pode andar muito, sofre de reumatismo. Como é que há de vir até aqui?

— Mandará alguém por ela — respondeu Samba.

— Talvez. — E deu um suspiro fundo.

O preto de orelhas caídas começou a brigar com o cinzento caçador; discutiram, arreganharam os dentes, depois cada um foi para seu lado, resmungando.

As horas passaram. Samba e o luluzinho ouviram, de súbito, a batida de uma porta lá em cima. Que seria? Samba pensou no doutor e o luluzinho, em sua dona. Ouviram vozes se aproximando; seus corações quase pararam de bater. Todos os cachorros olharam ao mesmo tempo esperando cada um deles sua própria salvação.

Viram então uma mocinha aparecer acompanhada por um dos homens da casa. Quando o luluzinho viu a moça, deu um grito como se estivessem batendo nele, depois levantou-se num salto e começou a abanar a cauda num contentamento sem limites. Samba perguntou:

— É com você?

O luluzinho voltou-se para ele babando de alegria, quase não podia falar:

— É a neta da minha dona. Parece um sonho, nem estou acreditando que vou embora daqui.

Um homem já vinha entrando para pegar o luluzinho e entregá-lo à mocinha; Samba, com as orelhas baixas, olhou-o com inveja. Ele pulava de aflição, abanava a cauda, tão nervoso estava. Antes de ir, voltou-se para dizer:

— Adeus, camaradas. Desejo a vocês a mesma sorte.

Mal acabou de falar, foi levado para fora, os outros cachorros viram quando a mocinha tomou-o nos braços num gesto de carinho. Alguns suspiraram e baixaram as cabeças. Samba deitou-se num cantinho e lá ficou, imóvel, os olhos cheios de lágrimas, pensando: "Que será de nós?".

22

UMA LONGA NOITE

Perceberam que era noite porque tudo foi ficando escuro e silencioso; sabiam que durante a noite ninguém iria tirá-los daquela prisão.

Deitaram-se para dormir, uns ao lado dos outros, mas nenhum deles tinha sono. Estavam pensativos e vigilantes, esperando que alguma coisa acontecesse para saírem daquele lugar horrível.

Samba, deitado entre o marrom e o preto de orelhas caídas, puxou prosa para se distrair:

— Afinal o luluzinho teve sorte, não?

— Nem fale — respondeu o marrom. — Para dizer a verdade tive uma inveja louca.

— Eu também — disse o pretão.

O cinzento caçador também foi se chegando para uma prosinha:

— Até quando ficaremos aqui?

— Como se há de saber? — respondeu Samba coçando a barriga.

Depois coçou a orelha com toda a força dizendo:

— Parece que aqui há pulgas, coisa que não há em minha casa.

— Aqui deve haver — disse o marrom. — Mas isso não é nada; sempre tive pulgas no corpo.

— Eu não — continuou Samba. — É coisa que nunca tive; se não era o Pedro, era dona Maria que me fazia uma esfregação todos os dias e tirava minhas pulgas, se é que eu tinha alguma. Sempre fui cachorro limpo.

— Eu — falou o caçador — tomava banho com desinfetante todas as semanas, de modo que raramente era mordido por algum desses bichinhos. Também fui cachorro limpo.

O marrom suspirou:

— Vocês tiveram sorte. Eu nunca tive quem me desse um banho. Eu mesmo entrava dentro d'água quando havia água e quando não fazia muito frio. Como não hei de ter pulgas?

O preto suspirou também:

— Que longa noite! Os galos ainda nem começaram a cantar!

— Vamos falar nos nossos donos para o tempo passar mais depressa — disse Samba. — Tenho tantas saudades da minha dona. Todas as manhãs eu ia para o seu colo enquanto escrevia. Ela gosta de escrever; é mania. Escreve páginas e páginas sem parar, todas as manhãs e eu deitado no colo dela. Como era feliz!

Coçou-se outra vez na barriga.

— O que ela escreve? — indagou o preto.

— Romances. Romances para gente grande e romances para crianças. Tem mania de escrever — respondeu Samba. — Que saudades!

O cinzento caçador continuou a prosa:

— O luluzinho me contou que a dona dele fazia tricô, fazia montanhas de tricô por dia e ele ficava deitado no colo dela vendo as agulhas se mexerem em cima da cabeça dele. Mania também.

— Cada um tem a sua — falou o cinzento outra vez. — Pois não contei que meu dono caçava? Não passava uma semana sem dizer: "Pirata, vamos caçar". Lá íamos nós; caçávamos codorna e perdiz. Quando não encontrava passarinho grande para caçar, caçava tico-tico.

— Puxa! Que judiação! — comentou o marrom. — Nunca pensei em matar tico-ticos. São tão inocentes!

Os outros concordaram. O preto propôs:

— E se cochilássemos um pouquinho? Quem sabe a noite passa mais depressa?

Todos ficaram quietos durante uns instantes; o tempo custava a passar.

* * *

Amanheceu o dia e eles naquele mesmo lugar, sem saber o destino que os esperava. Todos estavam tristes e de cabeças baixas, quase nem conversavam.

Um ou outro falava alguma coisa lembrando os bons tempos, mas nenhum tinha vontade de prolongar a prosa.

Apareceu na prisão um raio de sol que entrou por uma fresta da janela; ficaram todos olhando para o raio de sol como se ele representasse a própria esperança. O cinzento comentou:

— Belo dia para uma caçada! Quando o dia estava bonito assim, íamos longe, só voltávamos tarde, quando o sol sumia. Como era bom!

— Nos dias bonitos assim, eu ficava deitado na grama do jardim, olhando as borboletas — disse Samba. — Havia cada uma bonita como nunca vi!

— Não gosto de borboletas — falou o preto. — Prefiro flores e passarinhos. As flores do nosso jardim são lindas; minha dona tem muito cuidado com elas. Vive dando ordem para o jardineiro plantar novos canteiros; não sei se é por isso que gosto tanto de flores... Gosto de passarinhos também. Nos dias bonitos assim, eles cantam mais.

— Eu — disse o marrom — nunca reparei em passarinhos, nem em flores nem em borboletas. Quando meu dono era vivo, o pedreiro, morávamos numa casinha longe da cidade, num bairro pobre. Não havia jardins, de modo que nunca reparei em flores, nem nada. Só me lembro das cigarras que cantavam quando fazia muito calor. O pedreiro, quando voltava para casa, coçava um pouco minha cabeça e só, era o único agrado que eu tinha. A mulher dele nunca se importou comigo, por isso, logo que o marido morreu, ela me mandou para a casa da vizinha dizendo que eu dava trabalho. Que trabalho dava eu? Também ela tinha muitos filhos, um por ano!

— Eu tenho um amigo chamado Whisky — falou Samba. — Ele sempre contou que casa onde há muita criança não é boa para cachorro. Creio que ele tem razão.

— Meu dono tem muitos filhos, mas eu nunca me importei. O que eu queria era caçar; só pensava nos dias bonitos assim quando ele dizia: "Vamos, Pirata". Não precisava mais nada, eu já sabia o que era: caçada! Os cachorros pequenos gostam de colo, agora nós, os grandes, pouco nos importamos com colo. Sabemos que não podemos e não pensamos nisso.

O marrom falou:

— O raio de sol está aumentando, vejam. Eu não gostava de dias assim; preferia os dias chuvosos porque meu dono não ia trabalhar. Quando amanhecia chovendo, eu já sabia; ele ficava em casa o dia todo e brincava comigo, me dava tapinhas no lombo, coçava minha orelha, até me dava um pedaço de pão. Eu gostava tanto da chuva...

— Para mim era diferente — disse Samba. — Eu não gostava muito da chuva porque não podia sair com Pedro. Era só a chuva passar e eu ia dar minhas voltinhas. Mas havia dias que não me importava tanto com a chuva, porque ficava mais tempo no colo de Vovó.

O cachorro preto disse a Samba:

— Você tinha tudo, hein? Até colo macio! Eu não, porque sou grande demais para colo, mas tinha o amor dos meus donos e dos filhos dos meus donos. Todos, grandes ou pequenos, eram bons para mim; ouvi muitas vezes meu dono dizer que "quem maltrata os animais, não é um ser civilizado". De modo que fui feliz; todos eram educados e delicados comigo.

O cachorro marrom, que estava procurando uma pulga na ponta do rabo, levantou a cabeça e perguntou:

— Então, se você vai andando por um caminho e encontra uma cobra, você não faz nada? Sai do caminho e diz: "Pode passar, senhora cobra". Ela também é animal.

O preto respondeu:

— Quando me refiro a animais, falo de animais como nós, animais domésticos ou caseiros, como quiser; os que têm convivência com pessoas. Não falo dos animais selvagens e perigosos como cobras. Temos que matar a cobra, pois do contrário ela nos mata.

O marrom disse, mordendo a pulga que havia encontrado:

— Estou brincando, entendi muito bem o que você falou.

O cinzento caçador deu opinião:

— Um dia, um filho do meu dono viu um carroceiro dando muito num pobre burro que não podia subir a ladeira porque a carroça estava muito pesada. Sabe o que ele fez? Gritou para o homem: "Escute uma coisa, eu vou pôr você no lugar do burro para ver como é bom puxar uma carroça. E, se continuar a bater no burro, dou parte à Sociedade Protetora dos Animais e você será multado". O homem ficou quietinho e tratou de ir por outro caminho para não judiar do burro daquele jeito.

— É assim mesmo — continuou o preto. — As pessoas boas e educadas fazem assim, tratam bem os animais. Por que maltratar? Minha dona dizia mais, ouvi quando ela disse um dia: "Meu Deus! Por que aquele homem dá tanto naquele cavalo? Deus castiga quem judia dos pobres animais". Penso que Deus castiga mesmo, ouvi contar vários casos…

Nesse instante, ouviram vozes e ruídos de portas que abriam e fechavam; cada um dos cachorros pensou: "Será comigo? Será meu dono que vem me buscar?".

23

UM DIA FELIZ PARA TODOS

Olharam para cima e viram um homem simpático, de bigode meio branco, rindo e procurando alguma coisa. Nesse instante ouviram um gemido, era o cinzento caçador que estava dizendo: "Nossa Senhora! É o meu dono que vem me buscar".

E abanou a cauda com grande satisfação. Os outros ficaram com muita inveja do cinzento e Samba sentiu o coração ficar pequenininho dessa vez.

O cinzento caçador foi dizendo adeus rapidamente e deixando os companheiros; sacudia a cauda sem parar, parecia querer dizer tanta coisa...

O dono deu-lhe uns tapinhas no lombo e levou-o embora. Todos os cachorros que estavam ali deitaram-se, cada um mais desanimado. As horas passavam. Nada tinham para comer, apenas bebiam água. Mas, falando a verdade, nenhum sentia fome, pois queriam a liberdade.

Era meio-dia quando ouviram outro ruído de vozes e de portas que se abriam. Que seria agora? Olharam, ansiosos, para cima. Viram um rapaz simpático aproximar-se e olhar para eles; o preto de orelhas caídas deu um pulo como se tivesse visto um fantasma.

— Que é? — perguntou Samba, comovido.

Ele não podia falar de tão contente; depois ficou de pé e arranhou as paredes da prisão, dizendo:

— O filho do meu dono! Meu dono mandou-me buscar. Adeus, camaradas! Como sou feliz!

Um dos homens entrou, pegou o preto de orelhas caídas e levou-o para fora da prisão; Samba viu o rapaz inclinar-se e acariciar a cabeça do cachorro preto. Depois puxou-lhe as orelhas caídas e coçou-as, o preto até babou de gozo. Lá foi ele, radiante, abanando a grande cauda felpuda, louco de contentamento. Nem olhou para trás.

O cachorro marrom olhou para Samba e Samba olhou para o marrom:

— Então, amigo? Ficamos só nós dois?

Samba respondeu:

– Só nós dois. Não devemos perder as esperanças, quem sabe iremos embora também...

— Você irá, tenho certeza — disse o marrom. — Você tem dono. E eu? Lembre-se de que não tenho ninguém no mundo; desde que meu dono morreu, fiquei sozinho... Ninguém me quis... Sei que estou condenado. Pobre de mim!

Os olhos dele encheram-se de lágrimas e Samba teve vontade de chorar também.

— Não diga isso, companheiro. Quem sabe acontece algum milagre e você vai também. Não devemos desanimar.

Assim disse Samba para dar coragem ao marrom. Deitaram-se um ao lado do outro e ficaram imóveis e silenciosos. Eram agora os únicos que permaneciam naquela triste prisão. Samba sentia-se fraco, não sabia se era fome ou tristeza. Era uma fraqueza tão grande que mal suportava.

Cochilou um pouquinho. O marrom dormiu e sonhou. Quando acordou, contou a Samba que havia tido um sonho maravilhoso: sonhou que tinha dono, um dono bom e amigo.

Samba disse:

— Quem sabe vai dar certo seu sonho.

O marrom suspirou com tristeza:

— Qual! Nunca tive muita sorte na vida. Por que agora hei de ter?

Ouviram um barulho e olharam; algumas pessoas haviam chegado ao lado da prisão e estavam examinando os cachorros. Samba levou um susto, depois teve uma desilusão. Não. Não eram seus donos; o marrom também falou:

— Não conheço essa gente. Quem será?

Houve uma conversa entre o homem que tomava conta da prisão dos cachorros e as pessoas que haviam chegado. Samba avisou o companheiro:

— Essa gente está procurando um cão de guarda para levar para a fazenda, percebi que escolheram você.

O marrom ficou cheio de animação:

— Será que vou ter dono outra vez? Que felicidade!

Levantou-se e olhou para as pessoas que estavam também olhando para ele; lembrou-se de fazer qualquer coisa para chamar a atenção delas, então abanou a cauda como se dissesse: "Boa tarde. Querem fazer o favor de me levar daqui?".

Uma mocinha de olhos azuis falou:

— Papai, vamos levar esse marrom, veja como é simpático. E que olhar inteligente ele tem!

O cachorro marrom percebeu que estavam falando dele; levantou as patas dianteiras e ficou de pé, sempre abanando a cauda. O pai da mocinha concordou; um homem entrou na prisão e levou o marrom, que se sentiu no auge da felicidade. Ele não sabia se voltava para despedir-se de Samba ou não; ficou de um lado para outro, aflito para ir embora e com pena de deixar o companheiro sozinho.

Foi nesse momento, quando ia ficar sozinho naquele lugar tão triste, que Samba ouviu uma voz que o deixou quase louco. Era a voz adorada, a voz do seu dono.

Levantou-se num salto e olhou para cima. Lá estava ele, o seu querido dono, sorrindo e falando com o homem que guardava a prisão. Tiraram Samba também.

Quando ele se aproximou do doutor, ficou de pé e esticou as patinhas, como fazia quando queria que o carregassem.

O dono levantou-o no colo e levou-o; ele foi lambendo as orelhas e as faces do patrão. Quando ia entrar no automóvel, olhou para trás e viu o cachorro marrom com uma bela coleira vermelha no pescoço, entrando num grande automóvel, juntamente com a mocinha de olhos azuis e o pai.

Ele, que fora tão infeliz desde que perdera o dono e vivera pela cidade andando sem destino, estava agora de coleira, todo satisfeito. Olhou também para Samba e falou na linguagem dele:

— Tivemos sorte, camarada. Adeus! Seja feliz!

— Adeus — respondeu Samba, dando outra lambida na orelha do dono. — Seja bem feliz na fazenda e não se esqueça de mim! Eu disse a você que não perdesse a esperança!

— Não esquecerei — disse ele entrando no automóvel. — Hoje foi um dia feliz para todos.

Samba acomodou-se no colo do patrão, dentro do automóvel, e assim juntos seguiram para casa.

24

A FELICIDADE VOLTOU

Quando o cachorrinho Samba viu a casa, sentiu o coração bater de alegria; depois desceu do automóvel e entrou; viu dona Maria esperando para abraçá-lo, toda risonha. Viu Pedro, Dermina, Vera. No auge da alegria, chorava, pulava, corria, tudo ao mesmo tempo. Depois subiu correndo as escadas pulando de dois em dois degraus e viu Vovó sentada na mesma cadeira de sempre, como que o esperando. Pulou para o colo dela e começou a lamber-lhe o rosto em grande contentamento. Vovó ria e procurava desviar o rosto das lambidas do cachorrinho.

Ele parecia dizer: au! au! au!

Pessoa alguma entende a linguagem dos animais, mas eles falam. Todos os animais demonstram alegria e tristeza no olhar e na voz. Samba, com seus gritinhos nervosos, dizia: "Que felicidade! Como estou contente! Com meu dono, minha dona outra vez! Com Dermina, Pedro e Vera! E o colo da Vovó! Tenho tudo agora! Nada me falta! Nada! Sou feliz! Feliz! Feliz!".

Isso ele dizia enquanto gritava e saltitava, correndo e pulando para os braços das pessoas que mais amava. Depois tudo foi se acalmando; Pedro deu-lhe um grande banho, pois ele estava sujo, o pelo encardido.

Depois do banho, correu pelo quintal e pelo jardim para se secar ao sol. Foi ver se a teia de aranha, que ele havia deixado no meio dos pinheiros, ainda estava lá; encostou o focinho na teia para ver se era aquela mesma. Era. Depois correu para o outro lado do jardim, onde havia minhocas, encostou o focinho na terra: lá estavam elas se remexendo.

Olhou as rosas nas roseiras e andou debaixo dos pés de hortênsias cheirando tudo; não havia novidade, tudo estava como havia deixado. Viu os pássaros cantando na árvore grande que se erguia bem no meio do jardim; eram uns pardais vagabundinhos que viviam por ali, catando restos de miolo de pão que ele deixava na porta da cozinha.

Viu um casal de borboletas que voava baixo, entre as camaradinhas, quase todos os dias, pousavam aqui e ali em voos preguiçosos. O casal estava sempre junto e, quando voava, sentava em cima das camaradinhas, elas balançavam um pouquinho como se fossem agitadas pelo vento. Mas não era o vento, era o casal de borboletas conhecido de Samba.

Foi cheirar os tomateiros que Dermina e Pedro haviam plantado num canteiro comprido perto da porta da cozinha; os tomates já não estavam lá e os pés estavam retorcidos e meio secos. Samba cheirou-os para ver se eram aqueles mesmos que ele havia visto plantar.

Nesse instante, Dermina, que estava preparando um prato bem gostoso para ele, chamou-o. Ele devorou tudo o que havia no prato, porque com a felicidade veio a fome. Comeu com prazer, pois Dermina havia feito o que ele mais gostava. Foi quando viu um amigo no portão; correu para lá e viu Cricri, o cachorro vizinho, enfiando o focinho pela grade e perguntando, muito admirado:

— Onde você esteve, Samba? Você sumiu...

Samba começou a contar as aventuras a Cricri. Contou que naquela tarde em que haviam saído juntos, ele não tinha voltado, foi correr o mundo. Viu tanta coisa... tanta...!

Cricri perguntou:

— E você gostou?

— Gostei um pouco — respondeu Samba. — Mas nunca mais faço isso. Quase morri de saudades de casa. Em lugar nenhum fui feliz como aqui! Sentia uma falta...

Cricri coçou uma orelha:

— Naturalmente a casa em que se vive é onde se é feliz. Eu não poderia viver longe de Ana Maria, não sei o que aconteceria, seria capaz de morrer.

— Nem diga — disse Samba. — Depois, não comia o que gostava, juntei pulgas no corpo inteiro, não tinha cama para dormir, só vendo!

— Eu volto outro dia para conversarmos melhor — falou Cricri. — Até logo, minha dona está chamando; quando ela chama, preciso obedecer.

— Até logo — respondeu Samba. — Tenho muita coisa para contar.

Cricri atravessou a rua num trote rápido e correu para casa. Samba subiu as escadas e foi se deitar no colo da Vovó, onde dormiu uma soneca deliciosa.

Nessa mesma tarde, todos os netos e netas de Vovó foram visitá-la e ver Samba, pois souberam que ele havia voltado. Durante todo o tempo que Samba esteve fugido, a criançada não teve sossego. Telefonava, ia lá, indagava na vizinhança, fazia tudo para encontrar o cachorrinho Samba.

Quando Pedro telefonou dizendo: "Samba está aqui!", um avisou aos outros, e todos foram ver Samba. A primeira a aparecer foi Cecília, com um vestido branco bordado, duas fitinhas prendendo os cabelos. Mal chegou, abraçou Samba, dizendo:

— Sambinha, onde você esteve? Estava com saudades de você, neguinho.

Sentou-se no chão ao lado de Samba e começou a brincar e a falar; queria que Samba contasse onde havia estado aquele tempo todo. Depois vieram Vera e Lúcia, Oscar e Quico, Eduardo e Henrique.

Rodearam Vovó e contaram novidades e mais novidades. Depois de agradarem Samba e conversarem um pouco com ele, começaram a contar à Vovó as estupendas aventuras que haviam tido na fazenda do Padrinho.

Começou Henrique contando a extraordinária aventura na Ilha Perdida*. Eduardo dava apartes e contava também alguns pedaços da história.

Em seguida Cecília pediu a palavra; ficou de pé no meio da roda e contou a história mais sensacional do ano: a visita que haviam feito à Montanha Encantada**.

Vovó admirou-se de ouvir tantas histórias magníficas. A todo instante tirava os óculos para dizer: "Parece incrível!" ou então: "Que coisa esquisita!".

Eduardo disse que mais parecia história para crianças, dessas que vêm escritas nos livros. Nem parecia verdade.

Samba ouvia sem entender nada; só sabia que as histórias deviam ser bonitas porque todos ouviam em silêncio. Ele também tinha vontade de contar sua própria história; contar que passou fome percorrendo ruas distantes em bairros desconhecidos.

Contar que viveu num estábulo com uma vaca e um cavalo que eram seus amigos e o escondiam quando chegava alguém. Contar que foi preso por Ângelo, um

---

* V. *A ilha perdida*, livro da mesma autora, da Série Vaga-Lume Júnior, publicado pela Editora Ática.

** V. *A montanha encantada*, livro da mesma autora, da Coleção Cachorrinho Samba, publicado pela Editora Ática.

vendedor de jornais, que o tinha levado para a cozinha onde ele ficou amarrado.

Contar que defendeu a família, ajudando-a a prender um ladrão perigoso; contar que lutou com o ladrão e foi ferido duas vezes com faca. Contar tudo isso... mas como? Se ele não tinha o dom da palavra? Tinha que ficar quieto, só escutando.

Cecília, de pé, falou, falou. Contou a história dos anões da montanha, contou de que maneira haviam ido parar naquela cidade mágica; contou a história da pedra que havia girado com eles, o susto que haviam levado; falou da Princesa Filó e do seu noivo, das calçadas de ouro e das comidas feitas com cristas de galo garnisé.

Vovó, cada vez mais admirada, quase não podia acreditar em tantas aventuras maravilhosas. Oscar e Quico falaram depois, cada um por sua vez. Contaram de que modo haviam desconfiado que aquela montanha guardava um segredo; falaram sobre os sinos que tocavam para anunciar as novidades. Henrique teve uma boa ideia, dizendo:

— Os sinos representavam os jornais da cidade, Vovó. Contavam tudo o que acontecia de bom e de ruim.

— Isso mesmo! Isso mesmo!

Acharam esplêndida a comparação de Henrique. Vera quis falar também. Contou que havia pulgas em caixinhas de ouro; Vovó chegou a duvidar, mas Vera explicou tudo e Vovó tirou os óculos para exclamar:

— Parece incrível!

Lúcia então disse:

— Vovó, gostaríamos tanto de saber o que aconteceu a Samba. Será que ele não conta para a gente?

— Pergunte — aconselhou Vovó, sorrindo.

Rodearam Samba outra vez e Lúcia perguntou:

— Samba, você pode nos contar onde andou? Que aconteceu durante essa temporada em que andou fugido?

O cachorrinho, naturalmente, não respondeu; abanou o toco de rabo, todo assanhado. Eduardo pediu:

— Conte, Samba. Que aconteceu com você? Onde esteve?

Nesse instante, Pedro entrou na sala com um pratinho cheio de leite com açúcar. Vovó perguntou:

— Para que esse leite?

— Para o Samba — respondeu Pedro, que gostava muito dele. — Ele está fraquinho ainda, por isso precisa ser alimentado de três em três horas.

A criançada deu risada e ficou olhando Samba tomar o leite. Ele bebeu tudo com muito gosto e pensou: "Nunca mais fugirei. Onde encontrar o que tenho aqui?".

Quando terminou o leite, esticou o corpinho para a frente e para trás, como fazia sempre que estava satisfeito; em seguida aproximou-se dos donos e deitou-se de barriga para cima, pedindo que o coçassem. Foi só risada.

Dona Maria debruçou-se e começou a coçar a barriguinha dele, dizendo:

— O cachorrinho Samba! O cachorrinho Samba!

Ele fechou os olhos, de gozo. Aquela casa de gente amiga era para ele um pedacinho do céu. De repente, ouviram a voz de Dermina falando da porta da cozinha:

— Onde está o cachorrinho Samba? Tenho aqui um belo osso para ele.

Cecília saiu dizendo:

— Eu vou buscar o osso para ele!

E Samba ficou como um príncipe, sentado no meio da roda, esperando o osso; quando Cecília voltou, ele começou a roer, segurando o osso entre as duas patinhas.

25

DEVEMOS PROTEGER OS ANIMAIS

Saíram todos para o jardim porque a tarde estava muito bonita. Samba, contente com tanta visita, corria de um lado para outro; parecia querer mostrar às crianças o quanto se sentia satisfeito por estar em casa novamente, rodeado de amigos.

Quando estavam ali conversando, Eduardo viu um cachorrinho lulu no meio da rua; era branco com manchas pardas, mas estava tão sujo e encardido que dava pena; estava triste, parecia perdido.

Eduardo chamou a atenção das outras crianças e todos saíram para ver de perto o cachorrinho. Samba ficou espiando através das grades do portão, pensando: "Eu também já andei perdido".

Rodearam o cachorrinho. Lúcia disse:

— Ele não sabe o caminho da casa, coitadinho! Lulu! Lulu!

Todos começaram a chamá-lo; o bichinho levantou os olhos tristes para as crianças e ficou quieto, tremendo de medo. Estava tão cansado que tinha a língua de fora; com certeza havia andado muitas horas.

Eduardo era um bom menino, tinha um coração que se compadecia de todos os que sofriam, fosse gente ou animal. Falou logo:

— Vou descobrir o dono dele e levá-lo para casa.

Os outros perguntaram:

— Como é que você vai descobrir? É muito difícil!

Eduardo não disse nada, aproximou-se do cachorrinho e viu que no meio do pelo do pescoço havia uma coleira com um número. Gritou para os outros:

— Ele tem chapa da Prefeitura! Venham ver!

Todos se aproximaram e curvaram para ver, lá estava a licença com o número. Eduardo agradou o lulu e coçou-lhe a cabeça, depois levou-o para dentro e pediu à dona Maria que deixasse o cãozinho ficar uma noite só na casa, no dia seguinte ele descobriria o dono pelo número da licença.

Dona Maria consentiu; o lulu estava faminto. Então deram-lhe um prato de comida que ele devorou em dois minutos. Depois deram um banho no cachorrinho, cada uma das crianças contou quantas pulgas havia encontrado, depois somaram e a soma deu 29 pulgas. O pobrezinho estava sendo comido por elas.

Ele parecia compreender que tudo o que as crianças faziam era para seu próprio bem, porque ficou quieto e humilde. Depois de limpo, ficou muito mais bonito: as manchas eram cor de café com leite e o pelo era sedoso, brilhante. Samba, todo assanhado com o novo companheiro, fazia as honras da casa. Foi mostrar-lhe onde estava a vasilha de água, deu-lhe um pedaço de pão que encontrou num canteiro; fazia tudo para agradar o lulu.

Depois do banho, o cachorrinho comeu mais um pedaço de carne e deitou-se para dormir, estava tão cansado! A criançada despediu-se prometendo voltar no dia seguinte e levar o lulu para a casa dos donos.

Logo de manhã cedo, Eduardo, que tinha tomado nota do número que havia na coleira do cachorrinho, num pedaço de papel, dirigiu-se à Prefeitura. Indagando aqui e ali em várias repartições, chegou a uma sala onde todos os cachorros de São Paulo estavam registrados sob um número e pelo qual podia-se saber a residência dos donos de cada um.

Deram o endereço a Eduardo. Ele tomou nota do nome e da rua, agradeceu muito e saiu radiante. Tinha certeza de que estava fazendo uma boa ação, um ato de bondade, e quem não se sente feliz fazendo o bem?

Depois do almoço pediu dinheiro ao pai, explicando para que iria servir; foi para a casa de dona Maria, onde estava o lulu. Chamou então um táxi, tomou o lulu no colo e, juntamente com Henrique, foi devolvê-lo ao dono.

O endereço era uma venda modesta na esquina de uma rua; o táxi parou e Henrique desceu, deixando Eduardo e o cachorrinho no automóvel. Henrique entrou na venda e viu o dono, um homem gordo, servindo uma freguesa. Henrique perguntou depois de cumprimentar o homem:

— O senhor é dono de um cachorrinho lulu branco, com manchas cor de café com leite?

O homem olhou admirado para Henrique e respondeu:

— Faz uma semana que estamos procurando nosso cachorro. Ele desapareceu daqui na sexta-feira passada. Por quê? Você o encontrou?

Nesse instante, a mulher do dono e duas crianças vieram lá de dentro da casa, os rostos brilhantes de satisfação, tinham ouvido o que Henrique havia dito. A mulher perguntou:

— O quê? Acharam nosso cachorrinho? O Pirilampo? Meu marido já foi, não sei quantas vezes, procurá-lo lá onde prendem os cachorros. Já procuramos em toda a vizinhança, estamos desanimados.

Então Henrique pediu-lhes que o acompanhassem até o táxi; as duas crianças foram as primeiras a ver Pirilampo no colo de Eduardo. Pirilampo parecia ter endoidecido: gemia, sacudia a cauda e chorava, tudo ao mesmo tempo, quando viu os donos. A mulher também chorou quando viu o cachorrinho e contou aos dois meninos de que forma Pirilampo havia desaparecido e o quanto gostavam dele, pois fora criado desde pequenino naquela casa.

Pirilampo saltou para o chão, correu para a venda, entrou feito um louco, cheirando todos os cantos, numa grande satisfação: abanava a cauda, olhava para todos, lambia as mãos da dona, cheirava o dono, corria de um lado para outro. Henrique e Eduardo viram lágrimas nos olhos do lulu, chorava, decerto de alegria.

Toda a família reunida agradeceu o ato de bondade dos dois meninos, pois nem todas as pessoas são boas e altruístas assim, e capazes de deixar seus afazeres ou os divertimentos para tratar de um pobre cachorrinho perdido! Deram balas para os dois meninos que agradeceram muito, depois despediram-se e, quando deixaram a venda, viram Pirilampo chupando uma bala, sentado em cima do balcão da venda, rodeado por toda a família.

O dono da venda havia dito que Pirilampo era pequenino assim, mas tomava muito bem conta da casa e nunca um ladrão tinha se atrevido a tentar roubar a venda; agora lá estava ele outra vez, tomando conta da casa e cumprindo seu dever.

Eduardo e Henrique voltaram para casa comentando a alegria dos donos ao verem o cachorrinho. Henrique disse:

— Você fez bem, Eduardo. Se fosse outro, nem olharia se o lulu tinha plaquinha, nem se importaria com ele. Você fez bem porque foi dar alegria aos donos do cachorro e ao próprio cachorro.

— Eu sou assim — respondeu Eduardo. — Tenho tanta pena de crianças sem pais como de cachorrinhos perdidos. Aquele lulu tinha uma carinha tão triste... Além disso devemos sempre proteger os animais!

26

CONSELHOS

Nessa mesma tarde reuniram-se outra vez na casa de dona Maria, queriam contar à Vovó e a todos da casa que Pirilampo, o cachorrinho perdido, estava salvo em casa de seus donos.

Mas quem falou mais nesse dia foi Vovó, que deu muitos conselhos aos netos. Cecília, Lúcia, Quico, Oscar, Henrique e Eduardo ouviram com interesse as histórias da Vovó. Ela contou que os cachorros são amigos dos donos, os maiores amigos; que os pássaros foram criados para voar e não para viver engaiolados; que todas as crianças devem ser boas para seus semelhantes e boas para os animais domésticos.

E contou uma história bonita e verdadeira: numa cidade do Japão havia um cachorro que ia esperar seu dono diariamente na estação, depois iam juntos para casa. O homem trabalhava numa cidade próxima e voltava de trem todas as tardes, encontrava sempre o cachorro esperando. Um dia esse homem morreu; sabem o que o cachorro fez? Continuou a esperar o dono todos os dias à mesma hora na estação, pois o coitado não percebeu que o dono havia morrido.

Durante anos e anos, todos os dias, ele ia à estação, depois voltava sozinho para casa, muito triste porque o dono não tinha chegado. Toda a cidade ficou sabendo a história e admirando o cão. Quando ele morreu, levantaram uma estátua a esse cachorro admirável, como símbolo da fidelidade e como exemplo às criaturas humanas.

Depois Vovó contou outra história; disse que, uma vez, um homem ia viajando a cavalo por uma estrada, acompanhado de seu cachorro que se chamava Fiel. Passando perto de um rio, no meio de uma floresta, o homem desceu do cavalo e bebeu água, depois continuou a viagem.

Mas Fiel parecia ter enlouquecido de repente, corria na frente do cavalo, latia, voltava para trás, olhava para o dono e latia de novo, como um desesperado. O homem estranhou o procedimento do cachorro, nun-

O Cachorrinho Samba

MARIA JOSÉ DUPRÉ

editora ática

Samba é um cachorrinho bem esperto, não? E também muito levado...
Dá para entender sua vontade de viver aventuras, mas quanta confusão ele arrumou!!!
Vamos relembrar agora sua história e pensar um pouco sobre nosso dia a dia.

1 Samba e Whisky eram bem diferentes, mas acabaram ficando amigos. E, como todos os amigos, eles tinham pontos em comum. Você consegue identificar as características de cada um? Relacione-as aos seus donos, lembrando que algumas podem ser comuns aos dois.

2 Assim como Samba tem amigos, você também tem, não é? Escolha um deles e faça o retrato dele e o seu nos quadros. Coloque nos retângulos algumas características só suas, outras só dele e algumas que sejam comuns a vocês dois.

3 **O que você mais gostou no Samba? E se ele o conhecesse, o que gostaria em você?**

4 **Samba era bem tratado em sua casa: tinha comida gostosa e recebia carinho de todo mundo. Até dormia no colo de seus donos...**

a. Você tem um bichinho de estimação? Desenhe, aqui, você segurando-o no colo. Se não tem um, desenhe o bicho que gostaria de ter.

b. Agora, faça uma lista ensinando o melhor jeito de cuidar do seu bichinho ou daquele que você quer ter.

1.
2.
3.
4.
5.

5 **Todos na casa de Samba diziam que Whisky ainda ia se dar mal...**

a. Por que diziam isso?

b. O que Samba pensava da atitude de Whisky?

c. E por que Whisky tinha esse comportamento?

d. Nesse caso, era Samba ou Whisky que tinha razão? Por quê?

6 **O tempo passa e Samba vai crescendo. Aos poucos, sente vontade de conhecer o mundo lá fora, aventurar-se. Aí ele dá uma saidinha... Mas a aventura não foi tão maravilhosa como ele pensou.**

Escreva abaixo três coisas boas e três ruins que aconteceram com Samba.

Coisas boas

Coisas ruins

7 **A história de Samba foi escrita há mais de 50 anos e vem sendo lida por muitas crianças desde então. No tempo em que foi criada, algumas formas de falar eram diferentes das que usamos hoje. Dê uma olhada nessas cenas e tente reescrever as frases como você as falaria, mudando o que aparece em destaque.**

"Você é um cachorro levado da breca."

"Já está fazendo reinação."

8 **Encontre no texto outra expressão e mostre como você falaria hoje.**

9 **Agora é com você... Durante toda a aventura, Samba viveu a dúvida da escolha entre novas experiências e a segurança do lar. Depois de tudo que viveu, acabou mesmo achando que o melhor era ficar em sua casa. Tem quem pensa igual...**

É seu único
lugar no mundo
que é seu abrigo
a sua casa
que traz a liberdade
em clima de felicidade

"Casa" - Letra de Toni Garrido/ Bino/ Da Gama Lazão
Cidade Negra, no CD: *Sobre todas as forças*

Mas tem quem pensa diferente:

Liberdade, essa palavra
que o sonho humano alimenta
que não há ninguém que explique
e ninguém que não entenda...

"Bandeira da Inconfidência" - Cecília Meireles, in *Romanceiro da Inconfidência*

E eu vou lutar pra ter as coisas que eu desejo.
Não sei do medo, amor pra mim não tem preço
Serei mais livre quando não for mais que osso,
Do que vivendo com a corda no pescoço.

"Querem meu sangue" - Letra de Nando Reis - Titãs, no CD: *Acústico MTV*

E você? Qual é a sua opinião? Escreva numa folha à parte um conto ou uma poesia com este tema. Até onde a segurança e o conforto são mais interessantes que a liberdade? Se preferir, faça uma história em quadrinhos mostrando uma situação vivida por você.

ca ele tinha feito isso. Que seria? Observou Fiel, ele não parava, mordia a perna do cavalo e não deixava o animal andar. Então o homem pensou: "Fiel está louco. Não pode ser outra coisa, nunca ele fez isso". E que fazer com um cachorro louco, num tempo em que não havia tratamento contra raiva? O dono tirou o revólver e, sentindo o coração apertado de dor, pois queria muito ao seu cachorro, ia matar Fiel. Não teve coragem.

Ia continuar quando verificou que estava sem a carteira. Lembrou-se de que tinha parado para beber água, e que talvez ela tivesse caído naquele lugar. Voltou a galope até a margem do rio; lá estava a carteira no chão, no lugar onde ele havia se debruçado para beber.

E Fiel? Fiel não estava louco, estava apenas avisando o dono que ele tinha perdido alguma coisa.

Anos mais tarde Fiel morreu de velhice. O dono escreveu junto ao túmulo estas palavras: "Aqui dorme Fiel, aquele que foi meu maior amigo".

Enquanto Vovó contava essas histórias, Samba foi dar umas voltas pelo jardim; vagou por todos os recantos.

Pisou por cima das camaradinhas, atravessou o canteiro das bocas-de-leão, estavam todas fechadas, com ar aborrecido. Samba cheirou-as uma por uma, depois dirigiu-se para um vaso onde havia um pé de coração-de-estudante. Os corações-de-estudante estavam dependurados, tomando sol.

Quando o vento soprava, eles se sacudiam como se dessem gargalhadas; quando o sol esquentava, eles ficavam mais vermelhos, pareciam mais contentes.

Samba colheu um coração-de-estudante com a boca e mastigou, mastigou uma porção de tempo até esmigalhar bem, só de reinação. Depois colheu outro e outro; em seguida, voltou, pisando nas bocas-de-leão, e deitou--se na grama. Ficou de costas, virando o corpo de um lado para outro. Depois ficou quieto e fechou os olhos como se dormisse; uma borboletinha azul veio voando, voando e pousou sobre a barriga de Samba, as asas dela tremiam. Quando Samba viu, deu um pulo e espantou a borboletinha. Ela foi embora voando, voando e sentou em cima de uma rosa vermelha.

Samba ficou olhando e teve vontade de voar também.

Nesse instante Vovó estava terminando suas histórias; acabou dizendo que um grande poeta brasileiro escreveu estas palavras bem verdadeiras na coleira do seu cão:

Se entre os amigos encontrei cachorro,
Entre os cachorros encontrei-te, AMIGO!